U0019902

我述說
一些事情：

聶魯達詩精選集

PABLO NERUDA

A POETRY ANTHOLOGY

聶魯達 著　　　陳黎、張芬齡 譯

目次

11　地上的戀歌——聶魯達詩評介

霞光集（1920-1923）

24　香襲

25　愛

26　屋頂上的黃昏

27　如果上帝在我詩裡

28　我的靈魂

29　我在此帶著虛弱的身軀立在……

30　告別

二十首情詩和一首絕望的歌（1923-1924）

34　　*1* 女人的身體

35　　*10* 我們甚至失去了

36　　*14* 每日你與宇宙的光

38　　*20* 今夜我可以寫出

41　絕望的歌

地上的居住（1925-1945）

46　阿都尼克格的安琪拉

47　獨身的紳士

49　我倆一起

52　我雙腿的儀式

56　鰥夫的探戈

58　帶著悲歡的頌歌

60　四處走走

63　無法遺忘（奏鳴曲）

65　天上的溺水女子

66　華爾滋

68　在林中誕生

70　炮擊／詛咒

72　傳統

73　我述說一些事情

77　西班牙什麼樣子

82　給玻利瓦爾的歌

一般之歌（1938-1949）

88　一些野獸

90　馬祖匹祖高地

111　他們為島嶼而來（1493）

113　柯爾特斯

115　哀歌

117　智利的發現者

118　艾爾西亞

120　麥哲倫的心（1519）

125　巴托洛梅・德拉斯・卡薩斯神父

130　勞塔羅（1550）

131　酋長的教育

133　勞塔羅對抗人頭馬（1554）

136　青春

137　一朵玫瑰

138　一隻蝴蝶的生與死

139　魚與溺斃者

141　復活節島

143　酒

船長的詩（1951-1952）

146　你的笑

149　失竊的樹枝

151　如果你將我遺忘

元素頌（1952-1957）

156　時間頌

159　數字頌

163　番茄頌

167　慵懶頌

170　衣服頌

173　夜中手錶頌

177　西撒・瓦烈赫頌

182　悲傷頌

184　火腳頌

189　腳踏車頌

193　雙秋天頌

狂想集（1957-1958）

200　要升到天際你需要

201　靜下來

203　美人魚與醉漢的寓言

204　抑鬱者

206　可憐的男孩

208　貓之夢

210　火車之夢

213　朋友回來

214　太多名字

一百首愛的十四行詩（1957-1959）

218　*1* 瑪提爾德：植物，岩石，或酒的名字

219　*20* 我的醜人兒，你是一粒未經梳理的栗子

220　*27* 裸體的你單純如你的一隻手

221　*45* 別走遠了，連一天也不行……

222　*90* 我想像我死了，感覺寒冷逼近

智利之石（1959-1961）

224　公牛

225　岩石中的畫像

227　南極之石

228　海龜

典禮之歌（1959-1961）

232　派塔未安葬的女子（選十）

238　節慶的尾端（選二）

全力集（1961-1962）

242　詩人的責任

244　行星

245　海洋

246　海

247　小夜曲

248　清洗小孩

250　熨衣頌

251　春

黑島的回憶（1962-1964）

254　性

259　詩

261　東方的宗教

262　哦大地，請等等我

263　未來是空間

船歌（1964-1967）

266　船歌始奏（選三）

　　　　卡布里島的戀人們

　　　　船

　　　　歌

268　船歌是終

白日的手（1967-1968）

274　歌

275　昔日

276　有罪

278　禮物

280　動詞

海震（1968）

284　海星

285　海蟹

世界盡頭（1968-1969）

288　物理

289　蜜蜂（I）

291　境況

293　最悲哀的世紀

海與鈴（1971-1973）

296　尋找

297　我感激

298　我有四隻狗要申報

299　每日，瑪提爾德

300　有一個人回到自我

301　在最飽滿的六月

302　如果每一日跌落

303　讓我們等候

304　原諒我，如果我眼中

二〇〇〇（1971）
306　面具

黃色的心（1971-1972）
308　異者
309　情歌
310　一體
312　拒絕閃電

冬日花園（1971-1973）
316　星星

疑問集（1971-1973）
318　　*3* 告訴我，玫瑰是光著身子
319　*10* 百年後的波蘭人
320　*24* 對每個人而言4都是4嗎？
321　*62* 在死亡之巷久撐
322　*72* 假如百川皆甜

精選的缺陷（1971-1973）
324　要讓你煩的悲傷的歌
327　大尿尿者

329　聶魯達年表

地上的戀歌
──聶魯達詩評介

聶魯達（Pablo Neruda, 1904-1973），一九七一年諾貝爾文學獎得主，是智利大詩人，也是二十世紀最偉大的拉丁美洲詩人。他的詩作甚豐，詩貌繁複，既闊且深，不僅廣受拉丁美洲人民熱愛，並且因屢經翻譯而名噪世界。儘管許多批評家認為聶魯達的詩作受到超現實主義、艾略特（T. S. Eliot）以及其他詩人的影響，他詩中那種強烈而獨特的表現方式卻是獨一無二聶魯達的；他的詩具有很奇妙的說服力和感染力，他拒斥理性的歸納，認為詩應該是直覺的表現，「對世界做肉體的吸收」：「在詩歌的堂奧內只有用血寫成並且要用血去聆聽的詩。」

聶魯達於一九〇四年出生於智利中部盛產葡萄的帕拉爾（Parral），父親是鐵路技師，母親在生下他一個月後死於肺結核。他兩歲時就隨父親搬到智利南方偏遠的拓荒地區泰穆科（Temuco），聶魯達最親密的童年伴侶是樹木、野花、甲蟲、鳥、蜘蛛，也就是在這塊未受社會、宗教、文學傳統干預的地方，他詩人的根誕生了。十歲左右，他寫下了他最早的一些詩。在將近六十歲所寫的一首名叫〈詩〉的詩裡，回憶那段歲月他如是說：

某樣東西在我的靈魂內騷動，

狂熱或遺忘的羽翼，

我摸索自己的道路，

為了詮釋那股

烈火，

我寫下了第一行微弱的詩句……

　　一九二一年，他到首都聖地牙哥讀大學，初見城市的內心衝擊供給了他更多的創作激素，一九二三年，他出版了第一本詩集《霞光集》（*Crepusculario*），立刻受到了矚目。一九二四年，《二十首情詩和一首絕望的歌》（*Veinte poemas de amor y una canción deseperada*）的出版，更使得他在二十歲就受到了全國的重視。這本詩集突破了拉丁美洲現代主義和浪漫主義的窠臼，可以說是拉丁美洲第一批真正的現代情詩，如今早已被譯成多國語言；在拉丁美洲本地，這本詩集更像流行曲調或諺語般家喻戶曉地被傳誦著。

　　《二十首情詩和一首絕望的歌》是一名青年的心路歷程，記錄著他和女人、世界接觸的經驗，以及他內在疏離感。為了排遣城市生活的孤寂，聶魯達只有把自己投注到喜愛的事物和女人身上。在詩中，他把女人融入自然界，變形成為泥土、霧氣、露水、海浪，企圖藉自然和生命的活力來對抗僵死的城市生活，企圖透過愛情來表達對心靈溝通的渴望。然而女人和愛情並非可完全溝通，有時候她也是相當遙遠的。在一些詩（譬如〈思想著，影子糾纏於〉）裡，我們可以找到像這樣的句子：

你的存在與我無關，彷彿物品一樣陌生。

我思索，長時間跋涉，在你之前的我的生命。

在任何人之前的我的生命，我崎嶇的生命。

面對大海，在岩石間的吶喊，

自由、瘋狂地擴散，在海的霧氣裡。

悲傷的憤怒，吶喊，大海的孤獨。

脫韁，粗暴，伸向天際。

或者——

所有的根在搖撼，

所有的浪在攻擊！

我的靈魂無止盡地滾動，歡喜，悲傷。

思想著，將燈埋進深深的孤獨中。

你是誰，你是誰？

因此我們可以說這些情詩始終是在愛的交流、企圖溝通以及悲劇性的孤寂三者間生動地游離著。

一九二七年，聶魯達被任命為駐仰光領事，此後五年都在東方度過。在那些當時仍是英屬殖民地的國家，聶魯達研讀英國文學，開始接觸艾略特以及其他英語作家的詩作。但在仰光、可倫坡和爪哇，語言的隔閡、文化的差距、剝削和貧窮的異國現象，使他感受到和當年在聖地牙哥城同樣的孤寂。他把孤絕注入詩作，寫下了《地上的居住》

（*Residencia en la tierra*）一、二部中的詩篇。這兩本詩集可說是精神虛無期的產品。詩中呈現給我們的是一個在永恆腐蝕狀態下的恐怖世界，一個無法溝通，逐漸瓦解，歸返渾沌的世界。儘管詩人企圖在詩中追尋個人的歸屬，但時間卻不停地摧毀現在，帶給他的只是過去自我的蒼白的幻象，這現象始終困擾著詩人；〈無法遺忘（奏鳴曲）〉這首詩可以作為說明：無法超越時間的挫敗感為全詩蒙上了淒冷和孤寂的色彩。人類既然生存於時間的軌道內朝腐朽推進，人類經驗——對聶魯達而言——因此也即是荒謬的，而世界唯一的秩序就是「紊亂」。聶魯達否定秩序，描寫混亂的現實，但他的寫作技巧卻有一定的脈絡可尋，這種秩序不是建築上的工整，而是一種浪濤拍岸式的秩序，在鬆散的結構下，現實被展衍成一連串毫不相連的夢幻似的景象，因共同的情感核心而彼此相通。例如在〈獨身的紳士〉一詩裡，性意象一個接著一個地迅速閃過，堆砌而成的效果成功地把獨身男子的慾望和心態襯托出來。

　　一九三六年，西班牙內戰爆發，任駐馬德里的聶魯達詩風有了明顯的改變，從他一九四七年出版的詩集《地上的居住》第三部中可以清楚地看出。他為不純粹的詩辯護，認為詩不是高雅人士的風雅品，而應該以一般民眾為對象，記載勞工的血汗、人類的團結以及對愛恨的歌頌。在〈我述說一些事情〉一詩中，我們可以找到他對詩風轉變的宣告：

　　　　你們將會問：你的詩為什麼不告訴我們

　　　　夢或者樹葉，不告訴我們

　　　　你家鄉偉大的火山？

請來看街上的血吧！

請來看

街上的血，

請來看街上的

血！

　　而一九三九年，他更明白地寫下這些句子：「世界變了，我的詩也變了。有一滴血在這些詩篇上，將永遠存在，不可磨滅，一如愛。」因為對詩本質的觀念改變，詩的功用也有所改變，由個人情感的記載演化成群體的活動，詩不再只是印在紙上的文字，對他而言詩成了新的表現形式，成為一種見證：「當第一顆子彈射中西班牙的六弦琴，流出來的不是音樂，而是血。人類苦難的街道湧出恨和血，我的詩歌像幽靈一樣頓然停步。從此，我的道路和每個人的道路會合了。忽然，我看到自己從孤獨的南方走向北方──老百姓，我要拿自己謙卑的詩當作他們的劍和手帕，去抹乾他們悲痛的汗水，讓他們得到爭取麵包的武器。」毫無疑問地，他在寫這些作品時是一方面假想有聽眾在聽的。

　　聶魯達把這種「詩歌民眾化」的觀念延伸到《地上的居住》第三部以後的詩作上去，於一九五○年出版了不朽的《一般之歌》（Canto general）。《一般之歌》是一部龐大的史詩，由大約三百首詩組成，長達一萬五千行，分成十五個大章，內容涵蓋了整個美洲：美洲的草木鳥獸、古老文化、地理環境、歷史上的征服者、壓迫者和被壓迫者……，它們和詩人自傳式的敘述交織在一起；全詩在對生命及信仰

的肯定聲中結束。儘管《一般之歌》是針對一般聽眾而寫（聶魯達喜歡在貿易工會、政黨集會等許多場合為一般民眾朗誦他的詩，他後來表示：朗誦詩歌是他文學生涯中最重要的事實），但這並不表示這些詩作是簡單淺顯的。就拿〈馬祖匹祖高地〉這章詩為例，全章共分十二個部分，具有一個複雜而嚴謹的結構。詩人先陳述個體在文明城市中的孤離、不安，使前五部分的詩成為一種「下坡」，下沉到個體認知了生命的挫敗為止：想在人類身上尋找不滅的因子的企圖只會把詩人更加拉近死亡。從第六部分起，「上坡」的結構開始開展，他攀登上「人類黎明的高地」，那使高地上碑石有了生命的諸種死亡縈繞著他，他想到那些建築高地的苦難的奴隸，最後瞭解到他的任務是賦予這些死去、被遺忘了的奴工新的生命，恢復他們在歷史上的地位；至此，詩人把全詩帶入全人類認同一體的新境界。詩人以見證者的姿態出現詩中，透過詩的語言，美麗且有力地把自己所見所聞，所接觸到的經驗、真理傳達出來。

　　《一般之歌》出版之後，聶魯達更加致力於詩的明朗化，貫徹他「詩歌當為平民作」的信念，一九五四年出版了《元素頌》（*Odas elementales*）。在這本詩集裡，聶魯達不再採用禮儀式、演說式的語言，而用清新又簡短的詩行，使得一首詩自然得像一首歌謠。他禮讚日常生活的諸多事物：書本、木頭、番茄、短襪、字典、集郵冊、腳踏車、鹽、地上的栗子、鄉間的戲院、市場上的鮪魚、海鷗、夏天……，他歌頌最根本的生命元素，他歌頌愛、自然、生命，甚至悲傷、慵懶。聶魯達說：「我喜歡變換語調，找出所有可能的聲音，追求每一種顏色，並且尋找任何可能的生

命力量……當我探向越卑微的事物和題材時，我的詩就越明晰而快樂。」這些詩印證了他在一九七一年諾貝爾獎得獎致答辭中所說的：「最好的詩人就是給我們日常麵包的詩人。」在一首詩裡他曾如是描述他心目中未來文學的風貌：

又一次
有雪或者有青苔
能讓那些腳印
或眼睛
去鐫刻
他們的足跡。

換句話說，他肯定未來的詩歌會再一次和人類生命緊密相連。我們此時所看到的聶魯達已不再疏離、孤寂了，他將自己投到工作、活動之中，這些詩中所流露的對生命，對事物的喜悅正是最好的說明。

即使聶魯達如是強調詩的社會性，他卻一點也不限制自己寫作的範圍。他個人的經歷和私密的情感生活一直是他寫作的重要題材，在《狂想集》（*Estravagario, 1958*）中的一些詩裡（如〈美人魚與醉漢的寓言〉），他更應用了神話與寓言。一九五二年，他在那不勒斯匿名出版了《船長的詩》（*Versos del capitan*），這是他對瑪提爾德・烏魯齊雅（Matilde Urrutia）的愛情告白，直到一九六二年他才承認自己是作者。一九五五年，他娶烏魯齊雅為妻，一九五九年出版《一百首愛的十四行詩》（*Cien sonetos de amor*），獻給妻子。之後，他的詩歌又繼續經歷另一次蛻變。他把觸

角伸入自然、海洋以及他們所居住的黑島（Isla Negra），像倦遊的浪子，他尋求歇腳的地方，企圖和自然世界達成某種宗教式的契合，《智利之石》（*Las piedras de Chile*, 1961）、《典禮之歌》（*Cantos ceremoniales*, 1961）、《黑島的回憶》（*Memorial de Isla Negra*, 1964）、《鳥之書》（*Arte de pajaros*, 1966）、《沙上的房子》（*Una casa en la arena*, 1966）、《白日的手》（*Las manos del dia*, 1968）和《世界盡頭》（*Fin de mundo*, 1969）等詩集相繼出版。在這些二十世紀六十年代的詩作裡，聶魯達探尋自然的神祕，從一石一木中汲取奇異神聖的靈感。在他看來，一塊石頭不僅僅供人建築之用，它是神祕、空靈的物質，述說著一個不為人知的宇宙。他不想為所有的事物定名，他希望所有的事物能夠混合為一，重新創造出更新的生命：

> 我有心弄混事物，
> 結合他們，令他們重生，
> 混合他們，解脫他們，
> 直到世界上所有的光
> 像海洋一般地圓一，
> 一種慷慨、碩大的完整，
> 一種爆裂、活生生的芬芳。
> ——〈太多名字〉

雖然聶魯達晚年並沒有停止創作他政治和歷史性的詩作，但在寫作「自然詩」的同時，他似乎也有某種回歸自己根源的渴望。聶魯達一度把自己比喻成在時間水流中行

船的船夫，而在晚年不時瞥見自己在死亡的海洋中航行，因此把一九六七年出版的一本選集命名為《船歌》（*La barcarola*），追述一生的際遇，他的漂泊、政治生涯諸般愉快之事。他優雅平和地吟唱自己的天鵝之歌，然而很不幸地，他的死亡並不曾如他詩中所繪見地那般平和。一九七三年，當他臥病黑島時，智利內亂的火焰正熾烈。九月二十三日，聶魯達就在這種內外交攻的苦痛下病逝於聖地牙哥的醫院，他在聖地牙哥的家被暴民闖入，許多書籍、文件被無情地摧毀。

聶魯達死後，八本詩集陸續出版：《海與鈴》（*El mar y las campanas,* 1973），《分離的玫瑰》（*La rosa separada,* 1973），《冬日花園》（*Jardín de invierno,* 1974），《黃色的心》（*El córazon amarillo,* 1974），《二〇〇〇》（1974），《疑問集》（*Libro de las preguntas,* 1974），《哀歌》（*Elegía,* 1974）以及《精選的缺陷》（*Defectos escogidos,* 1974）。在這些晚年的詩作裡，我們看到了兩個聶魯達：一個是二十世紀五十年代情感豐沛、積極樂觀的聶魯達，用充滿自信的宏亮聲音對我們說話；另一個是充分感知生命將盡的「夕陽下的老人」，對孤寂、時間發出喟歎，並且企圖攔阻歷史的洪流以及生命流逝的軌跡。從詩集《在我們心中的西班牙》（*España en el corazón,* 1938）以來，即不斷發出怒吼、譴責前輩詩人只知耽溺於自我的這位民眾詩人，如今也讓他的詩迎向親密的自我，迎向沉默的孤獨，迎向神祕之浪不可思議的拍擊。這是一項回歸，終極的回歸，回到老家，回到自我的老屋：

有一個人回到自我，像回到一間

有鐵釘和裂縫的老屋，是的

回到厭倦了自我的自我，

彷彿厭倦一套千瘡百孔的破舊衣服，

企圖裸身行走於雨中……

　　這些「回到自我」的詩作可視為聶魯達個人的日記。他
向內省視自己，自己的現在和過去，以及等候著他的不確
定的未來；他發覺到有許多是他所愛的，許多是可歎而欲棄
絕的，有光，也有陰影，但總有足夠的奇妙力量得以抵抗陰
影，維持寧靜之希望。聶魯達彷彿一位先知，一位年老的哲
人，思索人類生存的意義，人類在宇宙中的地位，以及生命
永恆的問題。這些詩作，讓我們看到了聶魯達憂鬱哀傷的一
面，捕捉到詩人更完整的面貌。

　　《海與鈴》中另一首〈原諒我，如果我眼中〉，聚合
了聶魯達晚年詩作的幾個重要主題：孤寂是不可剝奪的權
利，大海是隱密自我的象徵，死亡是另一種諧和。這是一首
和大海之歌相應合的「沉沒的歌」。從這些主題，我們又可
衍生出第四個主題——寂靜。年輕時慷慨激昂、大聲疾呼的
詩人，而今以寂靜的語言向世界訴說，要我們「聆聽無聲之
音」，「細察不存在的事物」。晚年的聶魯達將語言溶解
成寂靜，用否定語言來實現語言。

　　此種「消極能力」同樣見諸《疑問集》。這本詩集收集
了四百個追索造物之謎的疑問；詩人並不曾對這些奧祕提
出解答，但他仍然在某些問題裡埋下了沉默的答案的種子：
「死亡到最後難道不是／一個無盡的廚房嗎？」「你的毀滅

會熔進／另一個聲音或另一道光中嗎？」「你的蟲蛆會成為狗或／蝴蝶的一部分嗎？」死與生同是構成生命廚房的重要材料。聶魯達自死亡見新生的可能，一如他在孤寂陰鬱的冬日花園看到新的春季，復甦的根。通過孤獨，詩人再一次回到自我，回到巨大的寂靜，並且察知死亡即是再生，而自己是大自然生生不息的週期的一部分。

有論者認為：「聶魯達在人生的最後四十年，拜寫詩之賜，讓自己成了危險人物。……他將詩視為一種兼具個人與社會責任的道德行為。」但在他晚年詩作裡，我們不時看到一個恣意展現戲謔與玩世不恭態度的聶魯達，不管寫作的是頌歌、寓言、情詩、哀歌或自嘲之詩，強烈的即興色彩鮮明在焉——〈情歌〉、〈要讓你煩的悲傷的歌〉、〈大尿尿者〉等詩即是顯例。唱出「洗腦歌」式空洞而「呆呆的」情歌以及繞口令式〈要讓你煩的悲傷的歌〉的聶魯達，和《一百首愛的十四行詩》裡深情款款的聶魯達很不一樣；拋下一句「再見！打聲招呼後我要到／一個不會對我發問的國家」，將讀者帶入「大尿尿者所指為何」的困惑之中，自己卻一走了之的聶魯達，和以童真又誠摯的口吻邀請讀者歡喜地進入《疑問集》的聶魯達，判若兩人。不一樣的聶魯達，不一樣風格的詩作，對喜歡聶魯達的讀者而言，是不一樣的享受。

聶魯達死後五十年間，許多討論他作品的論文和書籍相繼問世。毫無疑問，他對二十世紀、二十一世紀世界文學的影響力是歷久不衰的。他的詩作所蘊含的活力和深度仍具有強烈的爆發力，將持續成為後世讀者取之不盡的智慧和喜悅的泉源。聶魯達說：「文字和印刷術未發明之前，詩歌即已

活躍大地，這即是為什麼我們知道詩歌就像麵包一樣，理應為眾人所享——學者和農人，不可思議而且絕不尋常的人類大家族。」的確，這位詩作質量俱豐的拉丁美洲大詩人，在死後半個世紀仍源源不斷地供給我們像麵包和水一樣的詩的質素。在他的回憶錄裡，他曾說可愛的語字是浪花，是絲線，是金屬，是露珠；它們光潔如象牙，芳香若花草，像鮮果，海藻，瑪瑙，橄欖。讀他的詩我們感覺自己又重新回歸生命最質樸的天地，跟著人類的夢想和情愛一同呼吸，一同歌唱。

*

　　這本《我述說一些事情：聶魯達詩精選集》收錄聶魯達各階段詩作一百二十多首，是四十多年來我們譯介聶魯達詩歌的辛苦小結晶，有些詩作在這次選集裡，我們提供了新譯，希望跟歷久彌新的聶魯達的詩一樣，依然能「翻」生出一些新趣味。《我述說一些事情》一書敘述了聶魯達一生對世界的愛，對自然的愛，可謂一闋綿綿不斷，對詩、對所愛的人以及大地與生活的深情、動人戀歌。

陳黎、張芬齡

2023年3月　台灣花蓮

霞 光 集
（1920-1923）

香襲

紫丁香的
芬芳……

我遙遠童年明澈的黃昏
如平靜的水流般流動著。

而後一條手帕在遠處顫抖。
絲綢的天空下閃爍的星星。

再無其他。漫長的流浪中疲憊的腳
以及一種痛感，一種咬住不放、不斷加劇的痛感。

……在遠處，鐘聲，歌聲，悲傷，渴望，
眼瞳如此柔美的少女們。

紫丁香的
芬芳……

愛

女人，我本該是你的孩子，啜飲
你乳房之井湧出的奶，
看著你、感覺到你在我身旁，聽著你
金黃的笑聲與水晶般的聲音。

感覺你在我的血脈中像上帝在河中，
在悲傷的塵土與石灰之骨裡崇拜你，
看著你無痛苦地經過
自洗盡一切邪惡的詩節中升起。

我多麼地愛你啊，女人，多麼地
愛你，前所未有，無人能比！
雖死然而
更加愛你。
更加
更加地
　　　愛你。

屋頂上的黃昏

（極慢板）

屋頂上的黃昏

落下來

又落下來……

誰給他鳥翅

讓他來到？

而這滿溢一切的

　　　　寂靜，

究從哪個星星的國度

　　　　獨自來到此？

而何以天會黑

　　　——顫抖的羽毛——

雨的親吻

　　　——極有感——

墜成沉默——直到永遠——

　　　淹覆我的生命？

如果上帝在我詩裡

我的狗啊，
如果上帝在我詩裡，
我就是上帝。

如果上帝在你憂傷的眼裡，
你就是上帝。

在我們這無邊無際的世界
無人會跪在你我眼前！

我的靈魂

我的靈魂是日落時分空無一人的旋轉木馬。

我在此帶著虛弱的身軀立在……

我在此帶著虛弱的身軀立在
將天空染成一大片金紅的暮色前：
黑暗的樹在霧中一棵棵自我解放，
跑到大街上跳起舞來。

我不知自己為何在此，何時到此，
何以夕日紅光籠罩萬物：
置身金光渲染的浩瀚天空下
覺得憂傷，於我足矣，

不復存在之太陽的無盡紅光，
已死之大地的巨大屍體，
在染亮天空的星光之下，
漫無邊際的黃昏，漫無邊際的我的靈魂。

告別

　　　　　1
自你的深處，雙膝下跪，
一個與我相仿的悲傷小孩注視著我們。

因為那將在他血脈裡燃燒的生命
會讓我們的生命緊緊相繫。

因為他那雙手，生自你雙手，
將會摧毀我的手。

因為他洞開於塵世的雙眼
有一天我將見淚光在你眼眸閃爍。

　　　　　2
親愛的，我不要他。

這樣就沒有任何事物束縛我們，
這樣我們之間再無任何瓜葛。

既無芬芳你口的甜言，
也無不忍說出的話語。

既無未曾共用的愛之節慶，

也無在窗邊你幽幽的啜泣。

    3
（我愛水手們那吻後
便一走了之的愛情。

他們留下諾言。
他們從未回來。

每個港口都有個女人等候：
水手們吻後便一走了之。

某一夜他們與死亡交頸共眠
在海的床上。

    4
我愛那可以三分為
吻、床笫和麵包的愛情。

愛，可以天長地久，
也可能轉瞬即逝。

愛，渴望自由，
以便再愛。

愛，可能日趨神聖，

也可能與神聖背道而馳。）

     5

我的眼不再迷戀你的眼，
我的苦不再因你貼近而減輕。

但無論我浪跡何方，我帶著你的眼神，
而無論你身在何處，我的苦隨你同行。

我曾屬你，你曾屬我。此外呢？我們曾一起
讓直路轉彎，送走了愛情。

我曾屬你，你曾屬我。你將屬你新歡所有，
他將在你的果園收穫我播種之物。

我將別。我心悲：啊，我無時無刻不悲。
我別你懷抱。不知何往。

……有個小孩自你心中跟我說再見。
而我向他道別。

二十首情詩和一首絕望的歌

(1923-1924)

1 女人的身體

女人的身體，白色的山丘，白色的大腿，
你委身於我的姿態就像這世界。
我粗獷的農人的身體挖掘著你，
並且讓兒子自大地深處躍出。

我曾孤單如隧道。群鳥飛離我身，
而夜以其強大的侵襲攻佔了我。
為了存活，我鍛造你如一件武器，
如我弓上之箭，如我彈弓上的石頭。

但報復的時刻已到臨，而我愛你。肌膚的
身體，苔蘚的身體，貪婪而堅實之奶汁的身體。
啊，乳房之杯！啊，迷離的雙眼！
啊，陰部的玫瑰！啊，你緩慢而悲哀的聲音！

我的女人的身體，我將固守你的美。
我的渴望，我無盡的苦惱，我遊移不定的路！
流動著永恆渴望，繼之以疲憊，
繼之以無窮苦痛的黑暗的河床。

10 我們甚至失去了

我們甚至失去了這片暮色。
今天下午沒有人看見我們手牽手
當藍色的夜降落世上。

從我的窗戶我看見
遠處山上西天的狂歡會。

有時像一枚錢幣
一片太陽在我兩手間燃燒。

我憶起你，我的心被你
所熟知的我那悲傷所擠壓。

那時，你在哪裡？
在哪些人中間？
在說些什麼？
為什麼全部的愛會突臨我身
當我正心傷，覺得你遙不可及？

薄暮時分慣讀的那本書掉落地上，
我的披風像一條受傷的狗在我腳邊滾動。

你總是，總是在下午離去
走向薄暮邊跑邊抹暗雕像的地方。

14 每日你與宇宙的光

每日你與宇宙的光一同遊戲。
微妙的訪客，你來到花中、水中。
你不只是每日被我當成一束花
緊捧在手中的這顆潔白嬌小的頭。

沒有人能與你相比，從我愛你的那一刻開始。
容我將你伸展於黃色的花環間。
是誰用煙的字母把你的名字寫在南方的星辰間？
噢，容我憶起未存在之前的你。

風突然大叫，捶打我緊閉的窗。
天空是一張大網，擠滿了陰影的魚群。
所有的風在這裡先後釋放，所有的風。
雨脫光衣服。

鳥驚慌而逃。
風啊。風啊。
我只能與人類的力量爭鬥。
風暴捲起黑葉，
放走所有昨夜停泊在天空的小船。

你在這裡。啊，你並不逃開。
你將回答我的呼喊直到最後一聲。

依偎在我身旁，彷彿你心裡害怕。
然而一道奇怪的陰影一度掠過你的眼睛。

如今，小親親，如今你也把忍冬花帶給我，
連你的乳房也散發著香氣。
而當悲傷的風四處屠殺蝴蝶，
我愛你，我的快樂咬著你李子般的唇。

適應我不知叫你吃了多少苦頭，
我那孤獨而野蠻的靈魂，我那讓眾人驚逃的名字。
無數次我們共看晨星燃燒，親吻我們的眼睛，
看霞光在我們頭上展開如一只只旋轉的扇子。

我的話語淋在你的身上，撫摸著你。
有多麼久啊，我愛你珍珠母般光亮的身體。
我甚至相信你擁有整個宇宙。
我要從山上帶給你快樂的花朵，帶給你鐘型花，
黑榛實，以及一籃籃野生的吻。
我要和你做
春天對櫻桃樹做的事。

譯註：智利鐘型花（copihue），智利國花。花紅色，偶爾也開白花。

20 今夜我可以寫出

今夜我可以寫出最哀傷的詩篇。

寫，譬如說，「夜綴滿繁星，
那些星，燦藍，在遠處顫抖。」

晚風在天空中迴旋歌唱。

今夜我可以寫出最哀傷的詩篇。
我愛她，而有時候她也愛我。

在許多彷彿此刻的夜裡我擁她入懷。
在無盡的天空下一遍一遍地吻她。

她愛我，而有時候我也愛她。
你怎能不愛她專注的大眼睛？

今夜我可以寫出最哀傷的詩篇。
想到不能擁有她。感到已經失去她。

聽到那遼闊的夜，因她不在更加遼闊。
詩遂滴落心靈，如露珠滴落草原。

我的愛不能叫她留下又何妨？

夜綴滿繁星而她離我遠去。

都過去了。在遠處有人歌唱。在遠處。
我的心不甘就此失去她。

我的目光搜尋著彷彿要將她鉤回。
我的心在找她，而她離我遠去。

相同的夜漂白著相同的樹。
昔日的我們如今已截然兩樣。

我確然已不再愛她，但我曾經多愛她啊。
我的聲音試著借風探觸她的聽覺。

別人的。她就將是別人的了。一如我過去的吻。
她的聲音，她明亮的身體。她深邃的眼睛。

如今我確已不再愛她。但也許我仍愛著她。
愛是這麼短，遺忘是這麼長。

因為在許多彷彿此刻的夜裡我擁她入懷，
我的心不甘就此失去她。

即令這是她帶給我的最後的痛苦，
而這些是我為她寫的最後的詩篇。

譯註：在電影《郵差》（*Il Postino*）的原聲帶中，我們可以聽到影星安迪・賈西亞（Andy Garcia）朗誦此詩。

絕望的歌

對你的記憶從我所在的這夜晚浮現。
河流以其頑固的悲嘆與海繫在一起。

像黎明的碼頭般被遺棄。
這是離去的時刻，噢，被遺棄者！

冰冷的花冠雨點般落在我的心上。
噢，廢料的底艙，溺水者殘酷的洞穴。

你的身上堆積著戰爭與飛行。
從你的身上鳴禽的翅膀豎起。

你吞下一切，彷彿遠方。
彷彿海，彷彿時間。一切在你身上沉沒！

那是攻擊與吻的快樂時刻。
輝耀如燈塔的令人驚呆的時刻。

掌舵者的焦慮，盲眼潛水者的憤怒，
愛的騷亂癡迷，一切在你身上沉沒！

在霧的童年展翅而受傷的我的靈魂。
迷失的探險者，一切在你身上沉沒！

你與痛苦糾纏，你緊握慾望不放。
悲傷將你擊倒，一切在你身上沉沒！

我令陰影之牆後退，
我前進，超越慾望與行動。

噢肉，我的肉，我愛過又失去的女人，
在這潮濕的時刻，我召喚你並為你歌唱。

如同一個杯子，你盛著無盡的溫柔，
而無盡的遺忘打碎你如同一個杯子。

那是島嶼黑色，黑色的孤獨，
而在那裡，愛戀的女人，你的雙臂收容了我。

那是渴和飢餓，而你是水果。
那是憂傷與廢墟，而你是奇蹟。

啊女人，我不知道你怎能將我包容
在你靈魂的土地，在你雙臂的十字架！

我對你的慾望何其可怕而短暫，
何其混亂而醉迷，何其緊張又貪婪。

眾吻的墳場，你的墓中依然有火，

纍纍的果實依然燃燒，被鳥群啄食。

噢，被咬過的嘴巴，噢，被吻過的肢體，
噢，飢餓的牙齒，噢，交纏的身軀。

噢，希望與力氣瘋狂的交合，
我們在其間結合而又絕望。

而那溫柔，輕如水，如麵粉。
而那話語，在唇間欲言又止。

這是我的命運，我的渴望在那裡航行，
我的渴望在那裡墜落，一切在你身上沉沒！

噢，廢料的底艙，一切在你身上墜落，
什麼痛苦你沒說過，什麼痛苦沒淹過你！

從浪巔到浪巔，你依然火苗四冒，歌唱。
像一名挺立船首的水手。

你依然在歌聲中開花，依然破浪而行。
噢，廢料的底艙，敞開而苦味的井。

蒼白盲眼的潛水者，不幸的彈弓手，
迷失的探險者，一切在你身上沉沒！

這是離去的時刻，艱苦而冰冷的時刻，
夜將之固定於所有時刻表。

海喧鬧的腰帶纏繞著海岸。
寒星湧現，黑色的鳥在遷徙。

像黎明的碼頭般被遺棄。
只剩顫抖的影子在我手中扭動。

啊，超越一切。啊，超越一切。

這是離去的時刻。噢，被遺棄者！

地上的居住

（1925-1945）

阿都尼克格的安琪拉

今天我躺在一位純真姑娘身旁，
彷彿躺在白色海洋的岸邊，
彷彿置身悠悠太空一顆
　　燃燒的星中央。

自她悠長綠色的凝視裡
光線落下如乾燥的水，
形成透明深刻的圓圈，
　　充滿鮮活力量。

她的乳房有如兩團烈火
燃燒在兩個高突的地帶，
經由雙重小溪流抵她
　　大而明亮的腳。

金黃的氣候剛使她
身體白晝的經度成熟，
就讓其佈滿纍纍的果實
　　以及隱藏的火。

譯註：此詩每節以五或六音節的「阿都尼克格」（adonic）詩行終結。在電影
　　　《郵差》的原聲帶中，我們可以聽到影星威廉・達佛（Willem Dafoe）
　　　朗誦此詩。

獨身的紳士

年輕的同性戀男子和多情的女子，
患了失眠症長年守寡的婦人，
懷了三十個鐘頭身孕的年輕妻子
以及在黑暗中走過我花園的嘶啞的貓們，
像一串顫動的色情牡蠣編結而成的項鍊
他們環繞著我單身的寓所，
像堅強的敵軍和我的靈魂作對，
像穿著睡衣的謀叛者
奉命交換持久且深厚的親吻。

燦爛的夏引導戀人們
編列成統一而憂鬱的軍團，
由胖、瘦、悲、喜的配偶組成：
在高雅的椰子樹底下，在海洋和月亮的旁邊，
褲子和裙子的生活延續著，
撫摸絲襪的唏嗦聲，
以及閃爍如眼眸的女人的胸脯。

那個小職員，經過好一段時間，
經過一星期的枯燥，晚上在床上看完小說之後，
終於引誘了他的鄰居，
帶她去看悲戚的電影，
男主角不是小伙子就是熱情的王子，

而他用熱情、潮濕帶有菸味的雙手
撫摸她柔毛覆蓋的雙腿。

誘姦者的黃昏和夫妻的夜晚
連合成兩件被褥埋葬我：
午餐之後，年輕的男學生
和年輕的女學生和牧師各自手淫，
動物逕相通姦，
蜜蜂發出血腥味，蒼蠅慍怒地作響，
堂兄弟和堂姊妹玩著奇異的遊戲，
醫生狂怒地瞪著年輕病人的丈夫，
早晨的時候教授心不在焉地
履行他的婚姻義務並且吃著早餐，
此外，通姦者在高大、廣闊如輪船的床上
用真誠的愛相愛著：
真確而永恆地
這糾纏、呼吸的大森林包圍我，
它巨大的花朵像口和齒，
它黑色的根像指甲和鞋子。

我倆一起

在陽光下或夜色中，你都是那麼純粹，
你的白色眼窩如此得意、恣意，
你的麵包酥胸，氣候帶的高地，
你的黑樹頭冠，惹人憐愛，
你孤獸的鼻子，野綿羊的鼻子，
聞起來像陰影，像魯莽專橫的逃逸。
現在我的雙手是何等華麗的武器啊，
骨頭刀刃和百合指甲多麼相配啊，
我面容的情態和我靈魂的租處
恰是大地活力核心之所在。

何其純粹啊，我那感化夜的目光，
自烏黑的眼睛與兇猛的驅策墜落，
我那有著攣生雙腿的對稱的雕像
每日清晨向潮濕的星辰飛升，
我那遭流放的嘴咬食肉和葡萄，
我陽剛的臂膀，我刺青的胸膛
長出錫翼般的汗毛，
我白色的臉龐為深沉的太陽而生，
我頭髮由儀式做成，由黑色礦物，
我的額頭如重擊或道路般具穿透力，
我成熟人子的肌膚，正為耕作而生，
我饒富情趣的眼睛，是迅捷婚姻之眼，

我的舌是堤岸與船艦的溫柔朋友，

我的牙像白色鐘面，條理分明彰顯公正，

我額頭的肌膚是冰冷的空無，

在我背後還原，而後飛到我的眼瞼，

因我最深邃的刺激再度摺起，

朝我指間、下顎骨以及

我豐美雙腳裡的玫瑰生長。

而你彷如一整個月的星星，彷如持久專注的吻，

彷如羽翼的結構，或初秋，

女孩，我的支柱，我心愛的人兒，

光在你金黃如牛的大眼瞼下

鋪床，圓嘟嘟的鴿子

頻頻在你體內築白色的巢。

以浪的鑄塊與白色鉗子構成，

你的活力如憤怒的蘋果般無限伸延，

顫動的木桶，你的胃在其中聆聽，

你的雙手，麵粉和天空的女兒。

你像極了最綿長的吻，

其恆久的震顫持續滋養你，

而其炭火的力道，其激昂旗幟的力道，

在你的領土內搏動，不停震顫攀升，

你的頭隨而消瘦成髮，

它鬥士的形象，它乾了的圈環，

突然崩塌成一絲絲的線，

彷彿劍的鋒刃或煙的餘緒。

我雙腿的儀式

我久久凝視我那雙長腿，
以無窮又好奇的溫柔，以我慣常的熱情，
彷彿那是絕美女子的雙腿
深陷於我胸腔的深淵：
而老實說，當時間，當時間經過
大地之上，屋頂之上，經過我不潔的腦袋之上，
當它經過，時間經過，夜裡我在床鋪上感受不到有女子在呼
　　吸，裸睡於我身旁，
隨後詭異、暗黑之物取代了她的缺席，
放蕩、憂鬱的思緒
在我臥室播下諸多沉重的可能，
因此，我如是注視我的雙腿，彷彿它們隸屬另一個身體，
卻又牢固而溫柔地緊貼著我的心房。

宛如植物的莖幹或陰柔、可愛之物，
它們自膝部向上延伸，圓滾渾厚，
以騷動但密實的生存材質：
宛如女神野蠻壯碩的臂膀，
宛如怪異地裝扮成人類的樹木，
宛如焦渴又寧靜的致命的巨唇，
它們在那兒——我身體的最棒部位：
全然物質的部位，沒有感官或氣管
或腸道或淋巴結這類複雜的內容：

只是我自身純粹、甜美而厚實的部位，

只是形式和體積的存在，

卻以完整的方式守護著生命。

現今人們熙熙攘攘穿行世間

幾乎不記得自己擁有身體且生命就在其中，

這世界存有恐懼，對為身體定名的字眼存有恐懼，

卻善意地為衣服美言，

會談論褲子，談論西裝，

談論女性內衣（談論「蕾黛絲」長襪和襪帶），

宛如街上全是空蕩蕩、輕飄飄的衣物和服裝，

而整個世界被一座陰暗又淫穢的衣帽間所佔據。

服裝有其存在方式：顏色，樣式，設計，

在我們的神話裡久佔有一席之地，非同小可，

世上有太多家具，有太多房間，

而我的身體頹喪地寄居於如此多東西之間與之下，

深感被奴役、被上了枷鎖。

嗯，我的膝蓋，宛如結，

私有的，機能的，一目了然，

俐落地把我的腿分成兩截：

的確，兩個不同世界、兩種不同性別間的

差異也不及我雙腿上下兩截間的差異。

由膝蓋到腳，一個堅硬的形體

顯現——礦物般，冷靜實用——
是骨頭與堅毅構成的創造物，
腳踝的意圖昭然，
精確性與必然性是歸根結底的配備。

不性感，短而硬，且陽剛，
我的雙腿就在那兒，配有
團團肌肉如不同動物互補，
也具有生命，一個堅實、微妙、敏銳的生命，
不顫不抖地堅守著，伺機而動。

在我怕癢、
堅硬如太陽、綻放如花朵的腳——
空間的灰色戰爭中
不屈不撓、輝煌的士兵——
一切將告終，生命歸根結底將終結於我的雙腳，
異國與敵意之事物自那兒開啟：
世界的諸般名稱，邊疆與遠方，
我的心容不下的名詞和形容詞
以頑強、冷靜的堅定意志在那裡誕生。

始終如此，
加工品，襪子，鞋子，
或者單單無窮無盡的空氣，
將我的腳與大地隔離開，
凸顯我存在之疏離與孤寂，

某樣頑強介入我生命與大地間的東西，
某樣公然而無法克服的敵意。

鰥夫的探戈

哦冤家，你現在一定已發現了那封信，
你一定已侮辱了我母親的記憶，
咒　她為腐朽的母狗和狗娘，
你一定又在黃昏獨自，獨自一人喝著下午茶，
兩眼盯著我那雙早已不穿的舊皮鞋，
一想起我的病痛，我的噩夢，我的三餐，
你一定又高聲詛咒，好像我就在那裡
埋怨熱帶氣候，埋怨笨拙的苦力，
埋怨那害我受苦的煩人高熱，
以及我始終痛恨的醜陋的英國人。

冤家，哦，多麼難挨的夜晚，多麼寂寞的大地！
我又一次回到寂寥的臥房，
在餐館裡吃冰冷的午餐，又一次
我把褲子和襯衣拋落一地，
我的房裡沒有掛衣的吊鉤，牆上沒有任何人的照片。
我多麼願意用我靈魂中的陰影去換取你的歸來，
每一個月份的名稱威脅著我，
而冬天這個字眼多像哀傷的鼓聲。

以後你將會在那株椰子樹旁找到那把
我唯恐你殺害而將之藏起的刀子，
現在我突然很想嗅一嗅它那鋼製廚具的味道——

它習慣你手的重量和腳的光澤：
在潮濕的泥土下，在失聰的根部之間，
在所有人類的語言之中，這可憐蟲只認識你的名字，
而厚積的泥土不能理解你那
用不可解的神聖質地所構成的姓名。
正如想起你雙腿間清澈的白晝——
安放如寂靜冷酷的太陽之水，
想起你眼中安睡飛翔的燕子，
想起你心中狂怒的瘋狗令我心痛，
我也看到了今後橫在我們中間的無數個死亡，
我從空氣中呼吸灰燼和毀滅，
永遠環繞我狹長，孤寂的空間。

我願意用這巨大的海風去交換你那
隨著馬皮鞭的抽打聲而湧現的嘶啞的呼吸——
在許多個漫長的夜晚我聆聽而不能忘懷。
為了聽，在後屋裡，你那
滴落如瘦小，顫抖，銀色，執著的蜂蜜的撒尿聲，
我願意千百次放棄我所擁有的陰影合唱隊，
我內心聽到的無補於事的劍擊嘈雜聲，
以及獨坐於我眉間的血鴿——
它呼喚著逝去的事物，逝去的事物，
那不可分離卻又失落的質素。

譯註：聶魯達此詩寫給其緬甸時期的情人布莉斯（Josie Bliss）。「鰥夫」一
　　　詞在此只是比喻——一個孤獨的男子，棄暴力情人而去，又難捨用以治
　　　療內心孤寂的床笫之歡。

帶著悲歎的頌歌

噢玫瑰花間的女孩，噢鴿子的壓力，
噢魚群與玫瑰叢的要塞，
你的靈魂如瓶子，裝滿渴望之鹽，
而你的肌膚是一座長滿葡萄的鐘。

遺憾我沒什麼可以給你，除了指甲，
或睫毛，或已融化的鋼琴，
或從我心田迸出的夢境，
黑衣騎士策馬奔馳般塵土飛揚的夢境，
充滿速度與不幸的夢境。

我只能用吻和罌粟花來愛你，
用被雨水打濕的花冠，
一邊望著灰馬與黃狗。
我只能用我背後的浪花來愛你，
在硫磺慵懶的衝擊和沉思的水域間，
我逆遊而上，經過漂流於河中的墓園，
經過被墳頭悲哀的灰泥餵養的濕牧草，
我穿游過淹沒於水中的心
以及未安葬之孩童的蒼白名冊。

在我廢棄的熱情與憂傷的吻裡
有許多死亡，許多葬禮，

水落在我的頭上，

當我頭髮漸長，

時間般的水，去鎖鏈而出的黑水，

伴著夜之聲，伴著雨中

鳥鳴，伴著為保護我的骨頭

而弄濕羽翼的無盡陰影：

在我穿衣時，在我

無止盡地對鏡、對窗玻璃自盼時，

我聽到有人喚我，以陣陣啜泣，

以一種被時間腐化的哀傷之音。

你立於大地上，滿是

牙齒和閃電。

你散播吻，殺死螞蟻。

你哭泣，為健康，為洋蔥，為蜜蜂，

為燃燒的字母表。

你像一把藍中帶綠的劍，

因我的一觸，蜿蜒如河流。

請來我披白衣的心裡，帶著一束

染血的玫瑰和灰燼製成的幾個高腳杯，

帶著一顆蘋果和一匹馬，

因為那兒有一個陰暗的房間，一座殘破的燭台，

幾張等候著冬天的變形的椅子，

以及一隻死鴿，被編了號碼。

四處走走

我恰巧厭倦了人的生活。
我恰巧走進裁縫店和電影院，
萎縮，無解，像毛氈製成的天鵝
在根源與灰燼的水中航行。

理髮店的氣味使我號哭，
我只想要石頭或羊毛的休憩，
我只想不再看到建築物或花園，
不再看到商品，眼睛或電梯。

我恰巧厭倦了我的雙腳和指甲
以及我的頭髮，我的影子。
我恰巧厭倦了人的生活。

但那將是賞心悅目的，
用一朵剪下的百合花去驚嚇公證人
或用一記耳光把尼姑打死。
那將是可愛的，
帶著一把綠色的刀子穿過街上
並且大叫，直到我凍死。

我不想繼續做黑暗中的根，
躊躇，外伸，困得顫抖，

下垂，在大地濕透的內臟裡，
專注，冥想，每日進食。

我不想給自己太多的厄運，
我不想繼續做根和墳墓，
孤寂的地下隧道，屍體滿布的地窖，
僵冷，沮喪而死。

那就是為什麼看到我帶著監獄的臉來到時，
星期一燃燒如石油，
並且在運行時大叫如一只受傷的輪子，
朝著夜晚邁出熱血的步伐。

它將我擠往某些角落，擠進某些潮濕的屋內，
擠進骨頭凸出窗外的醫院。
擠進某些帶有酸醋味道的補鞋店，
擠進驚慌如縫隙的街道。

那兒有琉璃色的鳥和恐怖的腸子
懸掛在我所憎惡的房門上，
那兒有假牙被遺忘在咖啡壺裡，
那兒有本該因
羞恥和驚嚇而哭泣的鏡子，
那兒到處是傘，監獄以及肚臍。

我帶著冷靜，帶著眼睛，帶著鞋子四處走動，

帶著忿怒，帶著遺忘，

我走過，跨經辦公室和整形用具商店，

以及鐵絲上懸吊著衣服的天井：

內褲，毛巾和襯衫──滴下

緩慢，污穢的淚水。

譯註：在電影《郵差》的原聲帶中，我們可以聽到影星山繆‧傑克森（Samuel
　　　L. Jackson）朗誦此詩。

無法遺忘（奏鳴曲）

如果你問我上哪兒去了，
我必得說「事情發生了」。
我必得提及路石模糊的地面
以及始終自我毀滅的河流：
我只知道鳥兒丟失的事物，
被拋在腦後的大海，以及我姊姊的哭泣。
為什麼有那麼多的地區，為什麼一天
緊接著另一天？為什麼漆黑的夜晚
在口中堆積？為什麼有人死去？
如果你問我打哪兒來，我必得和破碎的事物交談，
和苦澀的器皿，
和腐爛的巨獸，
以及我受創的心。

那些跨過我思緒的不是記憶，
也不是在我們遺忘中熟睡的黃鴿，
而是帶淚的臉孔，
探入喉頭的手指
以及自樹葉中掉落的：
被我們憂傷的血液滋養的歲月——
那逝去的歲月它的黑暗。

這裡有紫羅蘭，燕子，

每樣令我們愉悅、出現在
甜蜜精美的卡片上的事物——
時間和甘美漫步其間。

但讓我們不要再去探索齒後的一切，
不要再去啃囓寂靜堆築起來的外殼，
因為我不知道該如何回答：
有那麼多的死者，
有那麼多被紅日割裂的堤防，
有那麼多碰撞船身的頭顱，
有那麼多將吻圍封住的手，
以及那麼多我想遺忘的事物。

天上的溺水女子

編織出的蝴蝶，垂掛在
樹上的衣裳，
浸沒於天空中，隨狂風
暴雨轉向，孤單，孤單，被壓得緊且密，
衣衫頭髮襤褸，
中心被大氣腐蝕。

      動彈不得，如果你抵抗
冬日喧鬧刺耳之針，
那不斷騷擾你的怒水之河。天國
之影，被黑夜
碎裂於枯萎的花之間的鴿子的橄欖枝：
我駐足領受
當像緩慢而充滿寒意的聲音般
你散播你被水擊打的紅色光芒。

華爾滋

我碰觸仇恨像每日的乳房，
我無休止地，從衣服到衣服，來到，
遠遠地睡著。

我不是，我一無是處，我不認識任何人，
我沒有海洋或樹林的武器，
我不住在這房子裡。

我的嘴巴塞滿夜與水。
持續的月亮決定
我沒有什麼。

我所有的是在波浪間。
水的閃光，自己的一日，
鐵的底部。

沒有反對之海，沒有盾，沒有衣服，
沒有什麼特別深不可測的解答，
或邪惡的眼皮。

我突然地活著，而其他時候我跟隨著。
我突然地碰觸一張臉而它謀殺我。
我沒有時間。

不要找到我，接著拉回
慣用的兇暴的線或者
血淋淋的網。

不要叫我：那是我的職業。
不要問我的名字或身分。
讓我留在自己的月亮當中，
在我負傷的岩層中。

在林中誕生

當稻米自大地抽回
它麵粉的穀粒，
當麥子挺直它的小側腹抬起它牽手的臉龐，
我動身前往男人與女人相擁的林蔭，
為了一探那綿延持續的
無數的海。

我不是被攜於潮水之上的工具的兄弟
就像置身挑釁的珍珠的搖籃裡一般：
我不在即將死去的掠奪的疆域裡顫抖，
我不被黑夜的重擊所驚醒，
那被突發的嘶啞的鈴舌所驚嚇的黑夜，
我不會是，也不是旅遊者——
在其鞋底最後的風屑悸動著，
而歲月的浪僵硬地回來死亡。

我手裡捧著斜睡在種子上的鴿子，
在它石灰和血液濃稠的發酵中
住著八月，
住著從它深凹的高腳杯蒸餾出來的月分：
我用手環繞成長中的羽翼的新影：
明日將蔚成草叢的根和羽毛。

水滴巨大的凝聚，渴望睜開的眼皮——

絕不縮小，在殘酷的陽台之旁，

在遺棄的海洋的冬天裡，或者在我遲緩的步履中：

因為我是為誕生而誕生，為了接納一切

接近的腳步，一切像一顆新的顫抖的心打在我胸口的事物。

生命像平行的鴿子在我的衣服旁休憩，

或者包容於我自身的存在與我不規則的聲音裡

為了回歸到本體，為了緊握之夜落盡的空氣，

握緊花冠上的泥土它潮濕的誕生：我必須

回歸且存在多久？最深埋的花朵之芳香，

在高岩上搗碎的最精緻的浪花之芳香——

它們必須在我的體內保存它們的家園多久

直到再度成為憤怒和芳香？

多久啊，雨中之林的手得用它

所有的針線親近我

為了編織群葉高貴的吻？

再一次

我傾聽那煙中之火般的接近，

自大地的灰燼誕生，

充滿花瓣的光：

而太陽——將地

分割成麥穗的河流——到達我的嘴裡

像一顆被埋葬又再度成為種子的古老的眼淚。

炮擊／詛咒

明天，今天，在你的腳步裡
一片寂靜，一次希望之驚歎
彷彿一股大氣：光，月亮，
疲倦的月亮，從手到手，
從鈴到鈴的月亮！
生我的母親，硬
燕麥的拳頭，
乾癟
而流血的英雄們的星球！
是誰？在路邊，是誰，
是誰，是誰？在陰影裡，在血中，是誰？
在微光中，是誰，
是誰？落下
灰燼落下，
鐵
以及石頭以及死亡以及啜泣以及火焰，
是誰，是誰，母親，是誰，在哪兒？
千瘡百孔的祖國啊，我發誓在你的灰燼裡
你將復活如一朵永恆的水之花朵，
我發誓從你乾渴的嘴中將長出
麵包的花瓣，劈裂的
新生之花。詛咒，
詛咒，詛咒那些拿著斧頭、毒蛇

侵入你土地的人，詛咒那些
等這一天來到好為
摩爾人與土匪打開家門的人：
你得到了什麼？把燈，把燈拿來，
看看這濕透的土地，看看這被火焰吞噬的
黑小的骨頭，被謀害的西班牙
她的外套。

傳統

在西班牙的夜晚，穿過古老的花園，
傳統——沾滿了死鼻涕，
潰膿和惡臭噴湧——拖著一條
詭異虛幻的霧的尾巴漫步著，
身著哮喘病以及寬大、血跡斑斑的長禮服，
它的臉有著深陷、停滯的眼睛，
彷彿綠色蛞蝓在吃著墳墓，
它無齒的嘴巴每夜咬嚙
未誕生的穗，祕密的礦石，
而它戴著綠薊的冠冕走過，
撒播著死者模糊的骨頭和匕首。

我述說一些事情

你們將會問，那些紫丁香都到哪裡去了？
那些開著罌粟花的形而上學？
那些不斷錘打你的語言
且給它們洞穴
與鳥的雨呢？

我要告訴你們發生在我身上的一切！

我住在馬德里的
一個郊區，有鈴聲
有鐘，有樹。
在那兒你們可看見
西班牙瘦削的面孔
彷彿一汪皮革的海洋。
　　　　　　　我的房子被喚作
花之屋，因為它到處開著
天竺葵：那真是一間
漂亮的房子，
有著狗與孩童。
　　　　　你記得嗎，拉兀爾？
你呢，拉斐爾？
　　　　　在九泉之下的菲德利哥啊，
你可記得，

你可記得在我房子的陽台上

六月的陽光把花朵溺斃在你的嘴裡？

兄弟啊，兄弟！

到處是

熱鬧的喧囂聲，商品的鹽味，

隆起的跳動的麵包堆，

在我們阿瓜列斯區的市場，它的銅像

是一座乾涸的墨水池，在迴旋的黑絲氈中：

橄欖油流進長柄匙裡，

腳與手

深沉的脈動湧向每一條街，

公尺，公升，敏銳的

生命度量衡，

堆積如山的魚，

映著冷冽陽光的屋頂的圖織，在其上

風信雞搖搖晃晃，

瘋狂精緻的馬鈴薯的象牙，

一波一波的番茄翻滾入海。

而有一天早晨，這一切都燒起來了，

有一天早晨，篝火

自地底迸出

吞噬著人民：

從那時起就是火，

從那時起就是槍彈，

啊，從那時起就是血，

帶著飛機與摩爾人的盜匪，
帶著戒指與女伯爵的盜匪，
帶著念念有詞的黑衣修士的盜匪，
他們穿梭過空中殺害兒童，
街道上兒童們的血單單純純地
流著，正像兒童的血！

連胡狼自己都鄙視的胡狼，
連乾癟的薊都咬噬、唾棄的石頭，
連毒蛇都憎惡的毒蛇！

就在你們的面前，我看到全西班牙的
血沸騰如潮水，
孤注一擲地要把你們溺死在
榮耀與刀叉的浪裡！

賣國的
將軍們：
注視著我的死屋，
注視著破裂的西班牙，
從每一間房子迸出的是金屬
而不是花，
從每一個西班牙的凹口
西班牙鑽出來了，
而從每一個死去的孩童生出有眼睛的槍，
而從每一樣罪惡生出子彈，

那子彈終有一天將找出你們的
心的靶眼！

你們將會問：你的詩為什麼不告訴我們
夢或者樹葉，不告訴我們
你家鄉偉大的火山？

請來看街上的血吧！
請來看
街上的血，
請來看街上的
血！

譯註：詩中的拉兀爾為阿根廷詩人杜農（Raúl González Tuñón）；拉斐爾為
　　　西班牙詩人阿爾維蒂（Rafael Alberti）；菲德利哥為西班牙詩人羅爾卡
　　　（Federico García Lorca）。皆為聶魯達友人。

西班牙什麼樣子

西班牙又緊又乾，是日間
聲音昏暗的鼓，
平原和鷹巢，沉寂
如受鞭打的惡劣氣候。

我多麼愛你堅硬的土地，你卑微的麵包，
你卑微的子民，愛到落淚，
愛到入魂，啊在我生命深處
那失落的花朵依然在——來自你
皺紋斑斑，在時間中靜止的村莊，
以及你那在月色與光陰中
伸延的礦質的田野，
被一空洞的神吞噬。

你所有的結構，你的動物性
孤立，伴隨著你的智慧——
被寂靜的抽象石塊所圍繞，
你澀口的酒，你柔滑的
酒，你粗暴又
纖弱的葡萄藤。

太陽石，世間
純粹之石，經過

鮮血和金屬洗禮的西班牙，
集花瓣與槍彈於一身的
藍色、勝利的無產者，你的
鮮活，慵懶，宏亮獨一無二。

韋拉莫，卡拉斯科薩，
阿爾佩德雷特，布伊特拉戈，
帕倫西亞，阿爾甘達，加爾維，
加拉帕加，比利亞爾巴。

佩納魯比亞，塞德里亞斯，
阿爾科塞爾，塔穆雷霍，
阿瓜杜爾塞，佩德雷拉，
豐特帕爾梅拉，科爾梅納爾，塞普爾韋達。

卡爾卡布埃，豐卡連特，
利納雷斯，索拉納－德爾皮諾，
卡爾塞倫，阿拉托斯，
馬奧拉，巴爾德甘達。

耶斯特，里奧帕爾，塞戈爾貝，
奧里韋拉，蒙塔爾博，
阿爾卡拉斯，卡拉瓦卡，
阿爾門德拉萊霍，卡斯特洪德莫內格羅斯。

濱河帕爾馬，佩拉爾塔，

格蘭納德亞，金塔納－
德拉塞雷納，阿蒂恩扎，巴拉奧納，
納瓦爾莫拉爾，奧羅佩薩。

阿爾博雷亞，莫諾瓦爾，
阿爾曼薩，聖貝尼托，
莫拉塔拉，蒙特薩，
托雷巴哈，阿爾德穆斯。

塞維科納韋羅，塞維科德拉托雷，
阿爾巴拉特德拉斯諾格拉斯，
哈巴羅亞斯，特魯埃爾，
坎波羅勃雷斯，拉阿爾韋卡。

波索阿馬爾戈，坎德雷達，
佩德羅涅拉斯，坎皮略－德阿爾托布埃，
洛倫卡德塔胡尼亞，布埃布拉德拉穆赫爾穆埃塔，
托雷拉卡爾塞爾，哈蒂瓦，阿爾科伊。

布埃布拉德奧班多，維雅爾德爾雷，
貝洛拉加，布里韋加，
塞蒂納，比利亞卡尼亞斯，帕洛馬斯，
納瓦爾坎，埃納雷霍斯，阿爾巴塔納。

托雷東希梅諾，特拉斯帕加，
阿格拉蒙，克雷維連特，

波韋達德拉謝拉，佩德爾諾索，
阿爾科雷亞德辛卡，馬塔雅諾斯。

本托薩德爾里奧，阿爾巴德托梅斯，
奧爾卡霍－梅迪亞內羅，彼德拉伊塔，
明哥拉尼亞，納瓦莫爾昆德，納瓦爾佩拉爾，
納瓦爾卡內羅，納瓦爾莫拉雷斯，霍爾克拉。

阿爾戈拉，托雷莫查，阿爾赫西亞，
奧霍斯內格羅斯，薩爾瓦卡涅特，烏鐵爾，
拉古納塞卡，卡尼亞馬雷斯，薩洛里諾，
阿爾德亞克馬達，佩斯克拉德杜埃羅。

豐特奧韋胡納，阿爾佩德雷特，
托雷洪，貝納瓜西爾，
巴爾韋德德胡卡爾，巴楊卡，
伊恩德拉恩西納，羅布雷多德查韋拉。

米尼奧加林多，奧薩德蒙鐵爾，
門特里達，巴爾德佩尼亞斯，蒂塔瓜斯，
阿爾莫多瓦，赫斯塔爾加爾，巴爾德莫羅，
阿爾莫拉迭爾，奧爾加斯。

譯註：本詩從第五節起，皆為西班牙鎮名、村名。有些地名，意各有其指，譬
　　　如阿瓜杜爾塞（Aguadulce：甜水），豐特帕爾梅拉（Fuente Palmera：
　　　棕櫚泉），科爾梅納爾（Colmenar：蜂房），佩德雷拉（Pedrera：
　　　采石場），索拉納－德爾皮諾（Solana del Pino：有松樹的日光明亮

之地），濱河帕爾馬（Palma del Río：河之棕櫚），金塔納－德拉塞雷納（Quintana de la Serena：夜露莊園），奧羅佩薩（Oropesa：金秤錘），拉阿爾韋卡（La Alberca：水池），波索阿馬爾戈（Pozo Amargo：苦井），坎皮略－德阿爾托布埃（Campillo de Altobuey：大牛之小田），布埃布拉德拉穆赫爾穆埃塔（Puebla de la Mujer Muerta：死去之女子之村）——今名「布埃布拉德拉謝拉」（Puebla de la Sierra：山區之村），托雷拉卡爾塞爾（Torre la Cárcel：獄塔），比利亞卡尼亞斯（Villacañas：蘆竹鎮），帕洛馬斯（Palomas：鴿子），本托薩德爾里奧（Ventosa del Río：河之通風口），奧爾卡霍－梅迪亞內羅（Horcajo Medianero：居中匯合處），彼德拉伊塔（Piedrahita：石頭界標），托雷莫查（Torremocha：無尖頂的塔），奧霍斯內格羅斯（Ojos Negros：黑眼睛），拉古納塞卡（Laguna Seca：乾湖），阿爾德亞克馬達（Aldea Quemada：被燒毀的村莊），豐特奧韋胡納（Fuenteovejuna：羊泉），巴爾德莫羅（Valdemoro：摩爾人之谷地）……

給玻利瓦爾的歌

我們的父，你在地上，在水裡，
在廣邈且沉默的大氣之中，
一切以你為名，父啊，在我們的居所：
甘蔗因你的名提升了甜度，
玻利瓦爾錫有了玻利瓦爾光澤，
玻利瓦爾鳥飛越玻利瓦爾火山
馬鈴薯，硝石，特殊的影子，
水流，磷石的礦脈，
我們的一切來自你熄滅的生命，
你的遺產是河川、平原、鐘塔，
你的遺產是我們每日的麵包，父啊。

你那英勇隊長的瘦小屍骨
已凝為無窮擴張的金屬形象，
你的手指突然破雪而出，
南方的漁人眼耳突然一亮，驚覺
你的微笑、你的聲音在漁網內顫動。

我們在你心旁豎起的會是什麼顏色的玫瑰？
紅色的玫瑰才能牢記你的步伐。
是什麼樣的手才能觸摸你的骨灰？
紅色的手才能自你的骨灰中生出。
你死去的心的種籽又是什麼情狀？

你生氣蓬勃的心的種籽是紅色的。

這是今日你身邊眾手環繞的理由。
我的手握著另一隻手，它又握著另一隻，
又再握著另一隻，直達這黑暗大陸的深處。
而你不認識的另一隻手，啊玻利瓦爾，
也伸過來緊握你的手：
從特魯埃爾，從馬德里，從哈拉馬河，從厄波羅河，
從監獄，從大氣，從死去的西班牙人，
伸出來這只生自你的手的紅色的手。

隊長，鬥士，只要有口
高呼自由，必有耳傾聽，
只要有紅色戰士痛擊褐色額頭，
必有自由人的月桂長出，必有
以我們偉大黎明之血染飾的新旗，
玻利瓦爾，隊長，你的臉歷歷在目。
你的劍再一次在彈藥和煙霧中降生。
你的旗幟再一次繡滿鮮血。
邪惡者再次攻擊你的種籽，
人子被釘在另一具十字架上。

但你的身影領我們走向希望，
你紅色軍隊的桂冠和光芒
隨你的目光掃視整個美洲的夜晚。
你的眼守望直至海的彼方，

守望受壓迫和受傷的民族，
守望被焚毀的黑色城市，
你的聲音重生，你的手復活：
你的軍隊捍衛神聖的旗幟：
自由震醒了血腥之鐘，
猛烈的哀聲揭開了
被人民的血染紅的黎明。

解放者，一個和平的世界在你臂彎誕生。
和平，麵包，小麥自你的血液誕生，
從源自你血液的我們年輕之血
將生出和平、麵包和小麥，獻給我們所創造的世界。

某個漫漫早晨我遇見了玻利瓦爾，
在馬德里，第五軍團的門口，
父啊，我對他說，是你嗎？或不是？你是誰？
望著山中營房，他說：
「我一百年醒一回，在人民覺醒之時。」

譯註：玻利瓦爾（Simón Bolívar, 1783-1830）是拉丁美洲獨立運動的先驅，委
內瑞拉、秘魯、哥倫比亞、厄瓜多爾、玻利維亞和巴拿馬先後受其感
召而脫離西班牙殖民統治，成為獨立國家。他被稱為「南美洲的解放
者」、「委內瑞拉國父」，在拉丁美洲以他命名的城市、廣場、物品等
不計其數。「玻利瓦爾錫」是玻利維亞（此國名亦來自玻利瓦爾之名）
錫礦區所產之錫。特魯埃爾（Teruel），西班牙城市，特魯埃爾省省
會。哈拉馬河（Jarama）、厄波羅河（Ebro），皆為西班牙的河流。山
中營房（El Cuartel de la Montaña），建於十九世紀，位於馬德里皮歐
王子山（Montaña de Príncipe Pío）的軍事建築，1936年7月西班牙內戰

爆發時，反政府的叛軍佔據此地，旋被支持共和政府的武裝民兵攻克收復。第五軍團（Quinto Regimiento）是支持共和政府的一支精英部隊，由志願者組成，是西班牙內戰第一階段最著名的部隊。

一般之歌

（1938-1949）

一些野獸

這是鬣蜥蜴的晨曦。

自他拱起如虹的背脊
他的舌像標槍一樣地
穿入護根，
僧院樣的蟻堆悅耳地
蝟集於矮樹叢中，
駱馬，稀罕如雲山間的氧，
穿著綴金的靴子，
而美洲駝在充滿露水的
優雅世界中睜開他
坦承寬圓的眼睛。
猴子沿著黎明的河岸
編織一條
無限性愛的絲線，
搗毀花粉之牆
並且挑動起
蝴蝶紫色的飛翔。
這是鱷魚的夜晚，
軟泥之上屬於鼻子的
純粹、抽新芽的夜晚，
而甲冑單調的聲音
自被睡眠浸透的沼澤上方

落回原始的大地。

美洲虎用他磷光的茫然
觸弄樹葉，
美洲獅像燒盡的火焰
奔跑於群葉之上，
而森林的醉眼在他的體內
燃燒。
獾搔著河流的
腳，循著餘味追蹤巢穴——
那悸動的喜悅
他們將咧著紅牙攻擊。

而在巨水深處
巨蟒躺臥
如大地的圓周，
掩覆於儀典的泥土中，
貪婪又虔誠。

馬祖匹祖高地

1

從風到風，像一張虛空的網
我穿過街道與大氣，來了又去，
跟著秋天的君臨葉子們四處流傳的
新幣，以及在春天與玉蜀黍間，
裝在一隻下降的手套，那最偉大的愛——
像被拉長的月亮——所遞送給我們的。

（屍體狂暴的氣候裡燦爛
鮮活的日子：鋼轉變成
酸的寂靜：
夜磨損，直至最後的粉粒：
婚禮之土受襲擊的雄蕊。）

在提琴堆裡等候我的那人
他碰到了一個像埋在地下的塔一樣的世界，
螺線沉陷到有著粗澀
硫磺顏色的眾葉之下：
而甚至要更下去，在地質學的黃金裡，
像一把藉流星為鞘的刺刀
我沉下我狂暴溫柔的手
直逼地物最深最深的生殖器。

在深不可測的潮流裡停靠額頭，
我潛沒如被硫磺的平靜所圍繞的一滴，
並且，像一個盲人，回歸我們
衰竭的人類春天的茉莉。

2

如果花把珍貴的種籽丟棄給花
而岩石把它的粉衣播撒在一件
瘀傷的鑽石與沙的外衣裡，
人就把他從海特定的泉源裡拾取的
光的花瓣壓縐，
並且鑽打那在他手中悸動著的金屬。
而很快地，帶著衣飾與煙，在沉沒水中的桌上，
像搞混了的量，靈魂依舊存在：
石英與無眠，大海裡
冷潭一般的眼淚：但即使在那個時候——
摧毀它，用紙和仇恨鼓舞它的死亡，
在習性的地毯裡悶死它，在敵視的
鐵絲的外衣裡扯裂它。

不：誰（仿若血紅的罌粟）能手無寸鐵地護衛
他的血液通過這些走道，天空，
海洋或者公路？憤怒已經把
買賣生命的商人可悲的貨品揮霍盡，
而在梅樹的頂顛，有一千年
露珠把透明的地圖留給了期待的

樹枝：啊心，啊在秋天的
洞窟間破碎的額頭。

有多少次在冬天城市的街上或者
巴士上或者黃昏的船上或者狂歡夜
更稠密的孤獨裡，在陰影的聲音，
在鐘聲，在人類喜悅真正的洞穴裡，
我渴望能逗留，能尋找那隱藏在
石頭或吻的閃電裡，我一度觸及的永恆且神祕的血脈。

（那在麥中，像一則關於隆起的小乳房的
黃色故事，重複敘說著一個
在肥沃的土壤裡無限溫柔的號碼的，
以及那，永遠相同的，在象牙中褪殼的：
以及那在水中半透明的家鄉，那從
孤雪直到血波的一口鐘。）

我只能抓到一串臉孔或墮落的
面具，彷彿一環環中空的黃金，
彷彿散落的衣裳，那叫可憐的樹族恐懼戰慄的
兇暴的秋天的女兒。

沒有地方來安置我的手，沒有地方──
流動像帶鏈的春泉，或者
堅實如煤或水晶的硬塊──
能夠回應我張開的手的熱或冷。

人是什麼？在他於店鋪裡、哨音間日常
談話的哪一部分，在他金屬性運動的哪一環
存在著不可破壞、不可毀滅的，生命？

    3
生命如同玉蜀黍脫粒，在儲放
挫敗經歷和不幸事件的無盡的
穀倉，從一到七，到八
而每個人有著的不只是一個死，而是許多的死：
每一天小的死亡，那在郊外爛泥中自我滅絕的
塵、蛆、燈，每一天小的死亡都帶著肥胖的翅翼，
短矛一般刺進每一個人，
而人被麵包與餐刀所困：
牧人，港口的浪子，黑皮膚的農耕隊長，
或者鬧區裡的齧齒動物：

他們都精疲力竭地等候死亡，等候每日短暫的死亡：
而他們不祥的苦難每日都是一隻
他們必須顫抖地喝著的黑茶杯。

    4
好多次強大的死亡誘引著我：
它正像隱形於海波的鹽，
而它隱形的氣味所散佈的
正像一半一半的窪地與高地，
或者風和雪堆所構築的巨大的殿堂。

我來到鐵的邊緣，來到窄隘的
空中走道，來到農作物與石頭的屍衣，
來到無路可走的星際的真空，
以及令人暈眩的渦狀的大道：
但，巨大的海，啊死！你並非一波一波地來到，
而是夜曲般澄亮的急馳，
或者像夜絕對的詩歌。

你從來不曾藏在我們的口袋偷偷地過來干涉，你的
到訪終必有著一件猩紅的外衣，
一張八方蕭靜的曙光的地毯，
或者一筆入祀或入土的淚的遺產。

我無法愛那存在於每一生命之內的樹，
一旦它微小的秋天在肩上（一千片葉子的死亡），
所有那些假的死與復活——
而不想到大地，不想到深淵：
我期望在最浩闊的生命裡游泳，
在最澎湃洶湧的出海口。
而當，逐漸地，人們開始否定我，對我
閉絕他們的門路令我散發活力的手無法
碰觸他們受傷的內在，
我乃一街一街，一河一河，
一城一城，一床一床地走著，
我滲雜鹽味的面具穿越過沙漠，
而在最後一個受辱的村落，沒有燈，沒有火，

沒有麵包，沒有石頭，沒有安靜，我
獨自流浪，死著自己的死。

5

那村落貧苦的子嗣在飢餓的體內
狼吞虎嚥的食物裡所延續的不是
你，啊陰暗的死亡，鐵羽毛的鳥：
相反的，那是舊繩腐朽了的一根線，
是不曾打鬥過的乳房的一粒原子，
或者不曾掉落到額頭的粗澀的露水。
是那無法被再生的，沒有和平
沒有領土的小死亡的碎片：
一塊骨頭，一陣在自己體內死去的教堂鐘聲。
我解下碘酒的繃帶，把我的手探進
那正摧殺著死亡的不幸的疼痛，
而我什麼也沒碰到，除了自靈魂的隙縫
溜進來的一陣風。

6

我跟著登上大地的階梯，
穿過失去的叢林野蠻的糾纏
走向你，馬祖匹祖。
巍峨的梯石之城，
那不曾被大地的睡衣遮藏之人
終於擁有的住所。
在你身上，彷彿兩條平行的直線，

閃電以及人的搖籃
在荊棘的風中擺蕩。

石頭之母，兀鷹的泡沫。

人類黎明高危的暗礁。

埋葬於原始沙層的鋤頭。

這是舊巢，這是新居：
這裡玉蜀黍豐實的穀粒高高躍起
又像紅雹一樣射下來。

這裡金黃的纖維自駝馬身上剝下，
覆蓋愛，墳墓，母親，
國王，禱詞，勇士。

這裡入夜之後人腳與鷹爪
同棲於高大血污的
獸穴，並且在清晨
以雷電的步履行走於精純的霧上，
並且碰觸土地與石頭
直到它們在夜裡，在死亡裡認出他們。

我注視著衣服與手，
注視著回聲的洞穴裡的水跡，

注視著那被借我的眼睛觀看
地上的燈籠，借我的手替
滅跡的木頭敷油的臉龐，所磨平的
一面牆：因為一切的東西，衣飾，髮膚，容器，
語字，酒，麵包，
都消失，墮落到泥土裡。

而大氣湧進，它
橘花的手指撫過所有入眠的事物：
一千年的大氣，月月周周的大氣，
一千年蔚藍的風，一千年鐵的山脈，
彷彿腳步們溫柔的颶風
磨亮著孤獨的石頭區域。

     7
獨一深淵最冷暗的部分，溪谷，最深溪谷的
陰影，那正是何以真實
最灼燙的死會來到你
數量的空間，
並且自打孔的岩石，
猩紅的飛簷
以及層列的水道，
你像在秋天一般地滾進
單一的死。
今天空虛的風不再哭泣，
不再認識你的泥腳：

它已經忘掉那
當閃電的刀叉亂割
而巨樹被霧所吞噬，被狂風砍倒時
濾清天空的你的大水罐。
它扶起一隻從高崗遽然跌落到
時間盡頭的手。
你們已不再存在，蜘蛛之手，虛弱的
線縷，糾纏的網：
一切都已離散崩潰了：習俗，破碎的
音節，眩眼的光之面具。

只剩下石頭與字的永恆：
城彷彿一隻杯子被每一隻活著，
死著，沉默著的手舉起，被如此多的死
所支撐，有著如此多生的一面牆，
石之花瓣的砍擊：永生不死的玫瑰，住所：
這冰河殖民地的安第斯山岩脈。

當土色的手變成
真正的泥土，而當微小的眼睫闔上，
滿載粗糙的牆，滿載著城堡：
而當人類亂陳於他們的地獄，
旗一般開展的精確仍舊存在；
人類黎明的高地：
包含寂靜的最高的容器：
繼無數多生命存在的石頭的生命。

8

請隨我攀登，亞美利加之愛。

隨我親吻祕密的石塊。
烏魯班巴河銀白的激流
使花粉飛入她的金杯。
空虛的藤蔓，
岩石般的植物，堅硬的花環，
高聳於崇山寶盒的靜寂之上！

來吧，微小的生命，從大地的
翅翼間，同時——晶瑩而冰涼，在顫動的空氣中
推開遭襲擊的翡翠——
野蠻的水啊，你也從雪來到了。

愛，愛，直到突然的夜；
從宏亮的安第斯山的燧石，
直到黎明的紅膝蓋，
默想那盲眼的雪之子吧！

哦，水流響亮的威卡馬右河，
當你把你線形的雷聲打碎成
白色的泡沫，像受傷的雪，
當你峭壁的狂風
歌唱且鞭打，震醒天界，

你把哪一種語言帶給一隻幾乎不曾
自你安第斯山泡沫斷根的耳朵？

誰抓住冰冷的閃電
且任它困鎖於高處，
在冰結的淚珠間被均分，
在飛刀上顫抖，
錘打著它身經百戰的雄蕊，
將它引向其勇士的床榻，
驚愕於自身岩石的結局？

你苦惱的閃光在說些什麼？
你祕密反叛的閃電可曾一度
滿載著語字旅行？
在你細瘦的動脈水流裡，
誰能粉碎凍結的音節，
黑色的語言，金黃的旗幟，
無底的嘴巴，被抑制的叫喊？

誰在四處切取那些
生自泥中為我們守望的花的眼瞼？
誰在投擲那些從你瀑布般的
手中墜下的串串的死種籽，
將它們被裂解、變形的夜播撒於
地質學的煤裡？

是誰拋棄這些誓約的樹枝？
是誰再次埋葬這些告別？

愛，愛，不要碰觸界線，
不要崇拜沉沒的頭顱：
讓時間在它破碎的泉源的大廳
完成它的身型，
並且在急流與壁壘間搜集
自峽谷來之大氣，
平行的風的薄片，
山脈盲目的溝渠，
露水粗暴的問候，
並且往上升，一朵花接一朵花，穿過厚度，
踏過那從高處落下的蛇。

在這陡峭的地區——石頭，森林，
綠色星星之塵，明亮的叢林——
曼吐爾山谷爆開如活湖泊，
或者新的一層寂靜。

來到我真正的本體吧，來到我的黎明，
直達加冕的孤獨。
死去的王國仍舊活著。

而鐘座上，兀鷹血污的陰影
像一艘黑船穿過。

9

星座之鷹，霧的葡萄園。

失去的棱堡，盲目的彎刀。

星綴的腰帶，神聖的麵包。

急流的階梯，巨大的眼瞼。

三角形的外袍，石之花粉。

花崗岩的燈，石之麵包。

礦物般的蛇，石之玫瑰。

入土的船隻，石之泉源。

月的馬匹，石之亮光。

赤道的象限，石之蒸汽。

絕對的地理，石之書籍。

雕在狂風中的冰山。

湮沒的時光的珊瑚。

被手指磨平的堡壘。

被羽毛襲擊的屋脊。

鏡之串集，風暴之基石。

被藤蔓推翻的王座。

血爪的政權。

在斜坡上被停住的強風。

靜止的綠松石的瀑布。

安眠者族長般的鐘。

臣服之雪的項圈。

躺臥於自身雕像上的鐵。

緊閉而無法進入的風暴。

獅之手腳，嗜血的石頭。
遮蔭之塔，雪的辯論。
被手指與根莖高舉的夜。
霧的窗戶，冷酷之鴿。
夜間活動的植物，霹靂的雕像。
實在的山脈，海之屋頂。
迷失之鷹的建築。
天空的繩索，絕頂之蜜蜂。
滴血的水平面，高築之星。
礦物的泡沫，石英之月。
安第斯山之蛇，莧菜的額頭。
寂靜之圓頂，純淨的祖國。
海的新娘，大教堂之樹。
鹽的枝條，黑翼的櫻桃樹。
雪的牙齒，冰冷的雷聲。
抓傷的月，險惡的石頭。
冰冷的頭髮，大氣之行動。
手之火山，陰鬱的瀑布。
銀之波浪，時間的目的地。

    10
石頭之內是石頭，而人在哪裡？
大氣之內是大氣，而人在哪裡？
時間之內是時間，而人在哪裡？
你是否也是非完整的人類破裂的
斷片，是那經由今日的

街衢，經由足跡，經由死寂的秋的葉子
把靈魂錘打進墳墓裡的
空心的鷹的斷片？
悲慘的手，腳，悲慘的生命……
那些暗鈍的日子——
在你體內，像灑在節慶的
短矛之上的雨，
它們可曾一瓣一瓣地給空虛的嘴
它們暗黑的營養？
　　　　　　　　飢餓，人的珊瑚，
飢餓，祕密的植物，伐木者的根，
啊飢餓——你羅列的暗礁可曾
攀登到這些鬆散的塔上？

我要問你，路上的鹽，
給我看看鎝子。允許我，建築術，
用一根小樹枝磨滅石頭的雄蕊，
允許我爬過一切大氣的梯級到達空虛，
刮削生命的要害直到我觸及人。

馬祖匹祖，你是否把
石頭置於石頭之內，而破布，在基礎裡？
把煤置於黃金之內，而在它裡面，血液的
紅雨滴在顫抖？
把你所埋葬過的奴隸還給我吧！
把窮人的硬面包從這土地上

抖出來，讓我看看農奴的

衣服跟窗戶。

告訴我他活著的時候怎麼個睡法，

告訴我他睡覺是不是帶著

刺耳的聲音，張大嘴巴，像因疲倦而

凹進牆壁的一個黑色的破洞。

牆壁，牆壁！如果每一層石頭

壓在他的睡眠上，並且如果他跌倒在下面，

就像在月亮下面，做著那個夢！

古老的亞美利加，湮沒的新娘，

你的手指同時——

當離開叢林往諸神空澄的高處，

在光與虔誠的婚慶旗幟下，

伴隨著鼓與長矛的雷聲，

同時，你的手指同時——

它們將抽象的玫瑰與冰冷的線條，將

新種的玉米血紅的乳房轉變成

閃亮實體的經緯，轉變成堅硬的洞穴——

同時，同時，被埋藏的亞美利加啊，你是否在最深處，

在你苦澀的腸裡，學鷹一樣把飢餓藏著？

      11

穿過混亂的輝煌，

穿過石頭的夜，讓我把手探進，

並且讓被遺忘的古老的心像一隻被囚禁了

一千年的鳥在我的體內跳動！

今天，讓我忘掉這歡喜，它比海還寬，

因為人比海及其所有的島嶼還寬，

而我們必須掉進他裡面，如同掉進井泉，

帶著一枝祕密的水與玄奧的真理升上來。

讓我忘掉，廣闊的石頭，強有力的比例，

超絕的尺寸，蜂巢狀的基石，

並且在今天讓我把手從三角尺滑下鹽血

與粗麻布的斜邊。

當，像一具紅翼鞘做的蹄鐵，憤怒的兀鷹

在飛翔的秩序裡撞擊我的額頭，

而那些食肉類羽毛的颶風把幽暗的灰塵

從斜梯上捲起：我看不見那迅捷的猛禽，

看不見它利爪盲目的刈弧。

我看到古老的生命，奴僕，田野裡的睡眠者，

我看到一個身體，一千個身體，一個男人，一千個女人，

在黑色的強風中，被雨與夜染黑，

被雕像沉重的石塊壓著：

劈石者璜安，委拉哥拉的兒子，

食冷者璜安，綠色星星的兒子，

赤足者璜安，土耳其玉的孫子，

與我一同復活吧，兄弟。

     12

與我一同復活吧，兄弟。

把你的手從四處播散的哀愁的

深處伸出來給我吧。

你不會從岩石的底部回來。

你不會從地底的時間回來。

你變硬了的聲音不會回來。

你戳了孔的眼睛不會回來。

自泥土的最內部注視我，

耕者，織者，沉默的牧人：

守護神野駱馬的馴服者：

被挑釁的絞刑台的石匠：

安第斯山淚水的持瓶者：

手指被搗碎的珠寶商：

在谷粒間顫抖的農夫：

潑灑你的黏土的陶工：

把你們古老，埋在地下的哀愁

倒進這新生命的杯子吧。

給我看你們的血跟你們的犁溝。

告訴我：我在這兒受罰，

因為一顆寶石它不發光，因為土地

不能及時生出石頭或穀粒：

給我看你們捽上去的石頭

以及他們用來絞死你們的木頭。

點燃那些古老的燧石，

那些古老的燈，那些跨過千百個世紀

黏到傷口的鞭子，

以及沾著血腥光彩的斧頭。

我來借你們死去的嘴巴說話。

讓四處分散的沉寂的嘴唇

自泥土的每一部分集合起來，

並且從無底的深淵終夜不斷地對我說話

彷彿我像錨一樣緊繫著你。

告訴我每一樣事物，一連結一鏈，

一環接一環，一級接一級；

磨利你積藏的刀叉，

將它們刺進我的胸膛，刺進我的手，

彷彿一河黃色的光芒，

一河被埋葬的老虎，

並且讓我哭泣，每一小時，每一天，每一年，

每一盲眼的時代，星星的世紀。

給我寂靜，水，希望。

給我掙扎，鐵，火山。

讓屍體像磁鐵一樣黏住我。

來到我的血脈和我的嘴。

用我的聲音、我的血說話。

譯註：〈馬祖匹祖高地〉是聶魯達長篇巨構《一般之歌》中的第二章。《一般
　　　之歌》是聶魯達在其「詩歌民眾化」的信念下所完成的一部龐大的現代
　　　史詩。全詩共分十五章，內容涵蓋了整個美洲：美洲草木鳥獸志，古老

文化的探索，歷史上的征服者、壓迫者和民眾鬥士，美洲地理志，智利的工人和農民，對美國林肯精神的呼喚，詩人血緣的證實；全詩在對生命及信仰的肯定聲中結束。儘管《一般之歌》是針對一般聽眾而寫（聶魯達喜歡在公會、政黨集會等場合為一般民眾朗誦他的詩），但這並不表示這些詩作是簡單淺顯的，聶魯達仍是相當用心地經營詩的結構與技巧，以〈馬祖匹祖高地〉此章為例，全章共分十二個部分，具有一個複雜而嚴謹的結構。詩人以訪古印加廢墟馬祖匹祖高地（位於今日秘魯境內）的真實經驗為經，以浸淫於古文明歷史意識之探索為緯，勾勒出全詩的輪廓和主題。

一開始，詩人首先陳述個體在文明城市中的孤離和不安：

> 從風到風，像一張虛空的網
> 我穿過街道與大氣，來了又去，
> 跟著秋天的君臨葉子們四處流傳的
> 新幣……

一再出現的秋的意象（「啊在秋天的／洞窟間破碎的額頭」、「一千片葉子的死亡」）襯出了挫敗與荒蕪之感，也傳達出「衰竭的人類春天」的氣氛，使得全詩前五部分形成一種「下坡」的姿態，一直下沉到個體認知了生命的空虛和缺憾（「生命如同玉蜀黍脫粒，在儲放／挫敗經歷和不幸事件的無盡的／穀倉，從一到七，到八……」）。想在人類身上找尋不滅的因數的企圖只是更將詩人拉近死亡：「我獨自流浪，死著自己的死。」時間也就在這張知覺「虛空的網」縫中流失，並且將詩人從失根的現代世界載往過去的歷史。從第六部分起，全詩「上坡」的結構開始展開，他攀登上「人類黎明的高地」，先前枯萎、衰敗的秋的意象也被重複出現的珊瑚礁、堅硬的石塊所取代：那賦予高地上的碑石以生命的諸種死亡（「繼無數多生命存在的石頭的生命」）縈繞著他。在第九部分，詩人迸出了由七十二個名詞片語所堆築而成的連禱文：

> 三角形的外袍，石之花粉。
> 花崗岩的燈，石之麵包。
> 礦物般的蛇，石之玫瑰。
> 入土的船隻，石之泉源。
> 月的馬匹，石之亮光。
> 赤道的象限，石之蒸汽。

絕對的地理，石之書籍……

這些石塊，周遭的空氣和它們所目睹的歷史變遷，似乎都在否定人類的存在（「石頭之內是石頭，而人在哪裡？／大氣之內是大氣，而人在哪裡？／時間之內是時間，而人在哪裡？」），而使詩人想到那些建築馬祖匹祖高地的受挫的奴隸以及他們在建造過程中所受的磨難，他於是問：「馬祖匹祖，你是否把／石頭置於石頭之內，而破布，在基礎裡？」至此，本詩的兩個母題——人類的孤寂以及被遺忘的諸多建築高地的生命——乃交融為一。在詩末（即第十二部分），詩人體認出他的任務即是要賦予這些死去、被遺忘了的無名奴工以新的生命，恢復他們在歷史上的地位；他借一連串的呼喚把全詩帶進全人類認同一體的境界：

給我寂靜，水，希望。

給我掙扎，鐵，火山。

讓屍體像磁鐵一樣黏住我。

來到我的血脈和我的嘴。

用我的聲音、我的血說話。

在〈馬祖匹祖高地〉這首詩裡，聶魯達企圖透過歷史與自然雙重的媒介來解答人類的命運。他以見證者的姿態出現（「我看到古老的生命，奴僕，田野裡的睡眠者，／我看到一個身體，一千個身體，一個男人，一千個女人」），藉著詩的語言壯麗地把自己所見、所聞、所體認的經驗和真理傳遞給我們。第八部分提到的威卡馬右河（Wilkamayu），在馬祖匹祖地區印加人說的克丘亞語（Quechua）中，意為「聖河」。

他們為島嶼而來（1493）

屠殺者夷平了群島。

在殉難的歷史中

瓜納阿尼島首當衝突。

黏土的孩童看到他們的微笑

被粉碎，被擊打

他們脆弱如鹿的雕像，

至死仍不明了。

他們被捆綁、拷打，

被焚燒烙印，

被啃嚙埋葬。

當時間完成它的華爾滋，

迴舞於棕櫚樹間，

綠色的廳堂已空無一人。

唯骨頭留下，

僵硬地排列

成十字，向神與人

更偉大的榮耀。

從較大的泥塊，

索達文多的綠枝，

到珊瑚礁群，

納瓦厄斯的利刀不停切割。

這兒十字架，那兒念珠，

這兒火刑柱上的聖女。

磷光閃閃的古巴，哥倫布之珠，

在潮濕的沙上

領受旗幟與膝蓋。

譯註：瓜納阿尼島（Guanahani）是聖薩爾瓦多島的本名，哥倫布於一四九二
　　　年到達那裡。「較大的泥塊」指大安地列斯群島，「索達文多的綠枝」
　　　指小安地列斯群島中的Sotavento島群。

柯爾特斯

柯爾特斯沒有人民，他是冷冽的
閃電，披盔戴甲的冰冷之心。
「豐饒之地，吾王陛下，
廟宇內盡是印第安人親手
煉造的黃金。」

他一路前進，匕首往下刺入，
錘打低地，騰躍的
芬芳的山脈，
他把他的部隊駐紮在
蘭花叢與松林冠冕之間，
踏過茉莉花，
直搗特拉斯卡拉的大門。

（我受驚的兄弟啊，不要與
玫瑰色的禿鷹為友：
我的話從青苔發出，從
我們王國的根部。
明天將落下血雨，
淚水將流匯成
雲霧、蒸氣、河流，
直到你的眼睛融化。）

柯爾特斯收到一隻鴿子，

收到一隻野雞，一把

宮廷樂師的西塔拉琴，

但他想要一屋子的黃金，

他想要更進一步，讓所有的

東西都墜入貪婪者的寶箱。

國王從陽台上探出身來，說：

「這是我兄弟。」人民

拋擊亂石作為答覆，

柯爾特斯以背叛的吻

為礪石，磨利匕首。

他回到特拉斯卡拉，風中傳來

一陣隱隱的悲痛聲。

譯註：柯爾特斯（Hernán Cortés, 1485-1547），殖民時代活躍於中南美洲的西
　　　班牙征服者之一。他征服阿茲特克帝國，摧毀阿茲特克古文明，並在墨
　　　西哥建立西班牙殖民地。他和同時代的西班牙征服者開啟了西班牙在美
　　　洲殖民的時代。特拉斯卡拉（Tlaxcala），地名，今墨西哥一州。西塔
　　　拉琴（cítara），一種有三組九根弦的樂器。此詩中的國王指阿茲特克
　　　王蒙提蘇瑪二世（Moctezuma II, 1466-1520）。他誤認西班牙征服者為
　　　羽蛇神（中美洲古文明中普遍信奉之神）的化身，因而開城門迎接。西
　　　班牙人進城後，大肆搜刮金銀財寶，引發阿茲特克人驅逐西班牙人的行
　　　動。1520年6月兩軍對峙時，蒙提蘇瑪二世遭自己的子民以亂石擊斃。

哀歌

獨自一人，在荒山僻野中
我想要像河流一樣哭泣，想要
像天色一樣暗去，入眠
如遠古的礦物之夜。

閃耀的鑰匙何以會
落入盜賊之手？起來吧
充滿母性的歐艾蘿，將你的祕密
安放於今夜漫長的疲憊之上，
且將你的忠告注入我的血脈。
我尚未向你要過尤潘基諸王的太陽。
我自夢中同你說話，走過一地
又一地，呼喚你，祕魯的
母親，山脈的子宮。
雪崩般的匕首
如何紛紛刺入你多沙的領地？

我紋風不動在你手中，
感覺金屬
在地底溝道不斷伸延。
我由你一條條根所構成，
卻不自知；大地
並未賜予我你的智慧。

在繁星照耀的大地之下
我見到的唯 的夜与夜。
是什麼樣無意識的蛇般之夢
匍匐前行至那紅線？
憂傷的眼睛，陰暗的草木。
你如何遇上這狂風？
在盛怒中，卡帕克
何以不高舉他那
以炫目之土打造的皇冠？

讓我在樓閣之下，受苦、
沉淪如光彩永失的
死寂之根吧。
在難熬難受的夜裡
我將深入地底，直到
抵達黃金之口。

我想要在夜之石中展身。

我想要披荊帶棘，抵達那裡。

譯註：歐艾蘿（Oello），又稱媽媽歐柯蘿（Mama Ocllo），印加王曼科·卡帕
　　　拉（Manco Capac）的妹妹和妻子。在印加神話中，卡帕拉是太陽神之
　　　子，率領最早期的印加部族，在秘魯的庫斯科建立王國，帶領其統治下
　　　的印地安人創造了文明的生活。歐艾蘿則被視為紡織和生育女神的化
　　　身。尤潘基（Yupanqui），有「未來或榮耀祖先」之意，是對印加君王
　　　典雅的稱號，印加國王有四位以此為名。卡帕克（Capac），有「精神
　　　富有，胸襟博大，造福窮人」等意，印加國王有三位以此為名。

智利的發現者

阿爾瑪格羅自北方帶來他被弄皺了的閃電。

在領域之上，在爆炸與日落之間，

他日以繼夜地搜尋著，如俯身於航海圖。

荊棘的陰影，薊與蠟的陰影，

這個西班牙人用他乾瘦的軀體迎戰。

提防岩層陰森的計謀。

夜，雪和沙土構成了

我瘦長的祖國，

寂靜躺臥在它長長的海岸線上，

泡沫自它海底的鬚芒流瀉而出，

煤炭用神祕的吻將之覆蓋。

黃金在它的手指中燃燒如炭火，

而銀閃耀如綠色的月亮

它濃厚的陰鬱行星的陰影。

這個西班牙人曾一度坐在薔薇花旁，

在橄欖油，在美酒，在古老的天空旁，

他沒有想到憤怒的石頭

竟會從海鷹的糞堆底下誕生。

譯註：阿爾瑪格羅（Diego de Almagro, 1475-1538），西班牙軍人，征服印加
帝國（今秘魯）之功臣。一四五三年，西班牙國王查理一世遣其援助征
服今智利之戰役。

艾爾西亞

阿勞科的石頭，水中漂流的
自由的玫瑰，根的領土
與一名從西班牙來的男子初相逢。
它們以巨大的苔蘚攻佔他的盔甲。
蕨類的陰影侵襲他的刀劍。
原始的藤蔓將藍色的手
擱在行星新享的寂靜之上。
男子漢，響亮的艾爾西亞，我聽見你第一個黎明
湧動的水聲，狂躁的鳥群
以及葉叢間的雷鳴。
留下，啊留下你金鷹的
印記，讓野生玉米
劃傷你的臉頰，
一切都將被塵土所吞噬。
響亮的人，唯獨你不會啜飲
這盛血之杯，響亮的人，唯獨
你驟然發出的光熱
才能引時間祕密之口徒勞地
前來告訴你：徒勞。
徒勞，徒勞，
濺在水晶樹枝上的血，
徒勞，穿過美洲獅的夜晚
士兵挑釁的步伐，

命令，

受傷者的

步伐。

一切回歸以羽為冠的寂靜，

一個久遠的國王在那裡吞噬藤蔓。

譯註：艾爾西亞（Alonso de Ercilla y Zúñiga, 1533-1594），出生於馬德里的西
　　　班牙貴族、戰士、詩人。1556-1563年間，他參與征服智利的戰役，有
　　　感於智利中南部原住民馬普切人（Mapuche，意為「大地的子民」）
　　　英勇抵抗西班牙人入侵，而寫作史詩《阿勞卡尼亞》（ *La Araucana* ）
　　　（南美洲的西班牙殖民者曾稱馬普切人為阿勞卡尼亞人）。這首長達
　　　三十七章的史詩分成三卷，先後於1569、1578、1589年出版，講述阿勞
　　　卡納人的英勇起義事蹟以及智利與西班牙的歷史。阿勞科（Arauco），
　　　西班牙人對馬普切人居住地的稱呼。

麥哲倫的心（1519）

我來自何方，我到底來自何方，
有時候我自問，今天是星期幾，到底怎麼回事，
我打鼾，在睡夢中，在樹木，在夜晚中，
浪像眼皮一樣被掀起，日子
自波浪誕生，帶著虎鼻的閃電。

夜裡　　日子來臨，說道：「你可曾聽到
我想起　　緩慢的流水，那流經
遙遠的　　巴塔哥尼亞
南方　　的流水？」
突然　　我回答：「是的，先生，我洗耳恭聽。」
自夢中　　日子來臨，說道：「遠處有一隻
驚醒　　野綿羊，在這個地區，舐食石頭
　　　　凍結的顏色。你難道沒有聽到羊叫，難道沒有認出
　　　　藍色的暴風雨——在它的手中
　　　　月是高腳杯，你難道沒有看到成群的家畜，不懷
　　　　好意的風的手指
　　　　用它空虛的指戒去碰觸波浪與生命？」

我憶起了　　漫長的夜，松樹，來自我所前往的地方。
海峽的　　窒息的酸被推翻，以及困倦，
寂寞　　桶蓋，不論我的生命擁有些什麼。
　　　　一朵雪花在我的門外哭泣又哭泣，

展示著透明、寬鬆，由一顆微小彗星

編織而成的衣裳，呼喚我外出，她哭泣。

沒有人觀測陣風，它的寬闊，

它穿越草原呼嘯而過。

我走近，說：「走吧！」我撫摸南方，湧

進沙裡、看枯乾發黑的植物，全是根和岩塊，

被水和天空磨刮的島嶼，

飢餓之河，灰燼之心，

陰鬱之海的天井，而就在

孤寂之蛇嘶嘶作響之處，就在

受傷之狐掘地埋其血腥寶藏之處，

我遇到暴風雨和它破裂的聲音，

它發自一本舊書的聲音，它百唇之口，

它告訴我某件事情，那風每日吞噬的事物。

發現者　　水記起了船的遭遇。

出現　　　堅硬的外國土地護衛他們

但無一　　在南方驚恐如號角的頭殼，

倖存　　　人與牛的眼睛將塌陷處借給日子

他們的指戒，他們難以平息的守夜聲。

年老的天空搜尋船帆，

沒有人

倖存：遇難的船隻

和那個刻薄的船員的灰燼生活在一起，

在採金場內，瘟疫之麥的

皮屋，在

航行的寒冷火焰之中
（是什麼樣的重擊在夜中〔岩石在船上〕敲打底
　　部！）
殘留下來的是被燒盡的，無屍的領域，
那鮮為死亡之黑色斷片所斷毀的
無休止的
狂暴的天氣。

唯孤寂　被夜晚、水、冰慢慢粉碎的天體，
君臨　　被時間和終點所征服的大氣：
　　　　紫色的血脈帶著狂野的虹彩的
　　　　終極之藍，
　　　　我的祖國的雙腳潛臥於你的影子裡
　　　　而受擊的薔薇在劇痛中慟哭。

我憶起了　冰凍的麥子，戰鬥的玉米麵包，
古代的　　冰河之秋，無常的橫禍——再一次
發現者　　它們沿著運河航行。
　　　　　它們與他同航，啊老人，被狂怒之水
　　　　　放逐的死人，
　　　　　與他同航，在騷亂中，與他的前額。
　　　　　信天翁依然追隨，磨損的皮
　　　　　繩，他的眼睛自頭部遊蕩出，
　　　　　老鼠盲目地吞食，穿過
　　　　　租來的桅柱凝視著憤怒的光輝，
　　　　　而穿過虛空，戒指和骨頭

墜落，海牛偷偷溜走。

　　這經過的是什麼神？請看他生蛆的鬍鬚

以及他那被陰霾氣候所困

那被凝重的空氣所侵蝕像遇海難的狗的褲子：

他的高度是一隻沉沒的錨，

海嘶叫著，北風上飄

到他潮濕的雙腳。

自時間黑暗的陰影

半旋轉而出，

馬刺

被咬斷，濱海慟哭的老主人，沒有系譜的

鷹巢，汙敗的泉井，海峽的鳥糞

導引你，

而你胸前不曾佩戴什麼十字，除了一聲

傳自海上的叫喊，海之光與爪的

白色叫喊，跌落再跌落，被腐蝕的刺棒。

　　有一天邪惡的海的日子終止了，

夜之手——割下它的手指

直到它面目全非，直到那人誕生

而船長在自己體內發現了鋼

而美洲舉起它的泡沫

而海岸提供出它蒼白的暗礁

被黎明浸濕，因誕生而混濁

直到一聲叫喊自船上傳來，且被淹沒

接著是另一聲叫喊，黎明自泡沫誕生。

他們全　　水和跳蚤的兄弟，肉食行星的兄弟：
都死亡　　你可曾看到桅杆向暴風雨
　　　　　傾斜？你可曾看到石頭被壓碎
　　　　　在疾風它驟然的狂雪之下？
　　　　　最後，你的樂園喪失了，
　　　　　最後，你遭詛咒的駐軍，
　　　　　最後，你那被空氣所刺穿的幽靈
　　　　　親吻著沙上海豹的足跡。
　　　　　最後，荒原上的小太陽，死亡的日子，
　　　　　顫抖著，在它浪與石的醫院裡，
　　　　　抵達你未戴指戒的手指。

巴托洛梅‧德拉斯‧卡薩斯神父

夜裡，有人自工會返家，
疲憊地走在寒冷的
五月霧中（瑣碎的
每日抗爭中，冬雨
自屋簷滴落，持續不已的
苦難暗啞的悸動），他想到
奴役者與鐵鍊，
經過偽裝，狡詐、
卑鄙地復活，
而當憂傷爬上
鎖，帶你一同進入，
有一道古老的光射過來，柔潤、
堅實如金屬，如一顆被掩埋的星。
巴托洛梅神父，謝謝你在淒冷的子夜
送來這份禮物，

　　謝謝你，因為你的思維是不可滅的：

　　它原本可能被壓死，被
　　憤怒的狗嘴吞食，
　　可能遺留在
　　焚毀的屋舍的灰燼裡，
　　可能被砍殺，被無數

暗殺者的冰冷刀鋒

或者被面露微笑的仇恨

（下一輪十字軍東征的背叛），

自窗口冒出的謊言。

水晶般的思維原本可能消逸，

不可變的晶瑩

化為行動，化為鬥士

與瀑布般飛瀉的鋼鐵。

人類少有像你這樣不世出之生命，

少有像你身影般的那種樹蔭——所有

美洲大陸的熾烈火炭都前來求助，

所有被抹滅的身分，

肢體殘缺者的

傷口，被夷為平地的

村莊——一切都在你庇蔭下

重生，在痛苦的盡頭

你重新釀製希望。

神父啊，吾人何其有幸，

有你來到新開墾地，

咬嚼罪惡的黑色穀物，喝下

每日激憤的膽汁。

赤手空拳的凡人啊，是誰

置你於忿怒的齒間？

你誕生之時，別的金屬

如何露出其眼睛？

酵素如何被摻進
人類隱藏的麵粉
將你恆久不變的穀粒
揉入這塵世的麵包？

你是血腥的魅影間
真實的存在，你是
狂襲而來的懲罰中
溫柔的永恆。
經過一次次奮戰，你的希望
轉化成精準有效的工具：
孤單的抗爭開枝散葉，
無用的哭泣結黨聯盟。

悲憫無效。當你展示你的
縱隊，你庇護的船艦，
你祝福的手，你的披風，
敵人正踐踏眼淚
並且搗毀百合花的顏色。
悲憫，崇高、空洞如廢棄的
大教堂，一無效用。
是你不可滅的決心，敏捷有力的
抵抗，武裝的心。

理智打造出你巨人的質地。

有機體的花是你的結構。

征服者居高臨下想仔細
觀察你（從他們的高度），
他們倚著腰刀而立
像石頭的影子，
以諷刺的口沫
淹沒你率先關懷的土地，
說：「煽動者在那裡！」；
謊稱：「他被
異國人收買」，
「他沒有祖國」，「他是叛徒」；
而你所宣講的道絕非
脆弱的瞬間，短暫的
準則，或旅行用的小時鐘。
你的資質是整座戰鬥的森林，
天然貯存的鐵，燦然發光然而被
繁花盛開的大地所遮蔽，
甚至，更為深邃：
在永恆的時間，在你生命的
軌跡，你向前伸展的手是
黃道帶的星球，人民的標記。
今天，神父啊，請與我一起進入這屋子。
我要讓你親睹我的人民和受迫害者
所寫的書信與所受的磨難。
我要讓你看看那古老的憂傷。

為了不讓我倒下，為了讓我
在地上站穩雙腳，繼續戰鬥，
請遺贈給我的心帶有你溫柔的
漂泊的酒與堅決的麵包。

譯註：巴托洛梅‧德拉斯‧卡薩斯（Bartolomé de las Casas），1484年出生於
西班牙塞維亞，1566年於馬德里去世，十六世紀西班牙多明我修會（道
明會）教士。他本來也是到美洲淘金，也剝削過印地安原住民，偶然聽
到道明會神父講道，恍然大悟，痛改前非，加入了道明會，成為一名神
父。他挺身對抗西班牙王室，畢生致力於保護西班牙帝國統治下的南北
美洲印第安人，為他們爭取平等的生存權利，獲得「印第安人守護者」
的稱號，可說是世界上第一個人權實踐者。他的著作《西印度毀滅述
略》是揭露西班牙殖民者種種暴行的重要文獻。

勞塔羅（1550）

血碰觸到石英迴廊。
石頭在血滴處生長。
勞塔羅就是這樣從大地生成。

譯註：勞塔羅（Lautaro, 1534?-1557），智利馬普切原住民（即阿勞科人）的
　　　年輕領袖。在西班牙征服智利期間，他率領馬普切戰士起而反抗西班
　　　牙，贏得多次勝利。他所制定的戰術在漫長的阿勞科戰爭中為馬普切人
　　　奉為行動方針。他試圖解救智利脫離西班牙的統治，可惜遭西班牙伏襲
　　　而喪命。

酋長的教育

勞塔羅是一隻細長的箭。
我們的父，他肢柔膚青。
他最初的年月是全然的寂靜。
他的少年期權威。
他的青年期一股定向的風。
他像一隻長矛般地訓練自己。
他讓腳習慣於瀑布。
他用荊棘教育他的頭。
他寫作栗色駝馬的論文。
他居住在雲的洞穴裡。
他伏襲鷹隼的獵物。
他向螃蟹刮取祕密。
他和緩火的花瓣。
他吸吮寒冷的春天。
他在煉獄般的深谷裡燃燒。
他是殘酷鳥類的獵者。
他的斗篷染滿了大小的勝利。
他細讀夜的侵略。
他承擔硫磺的崩石。
他讓自己成為速度，突然的光。
他領受秋的倦怠。
他在看不見的地方工作。
他在雪堆的被褥下睡眠。

他直與箭的行徑匹敵。

他邊走邊喝獸血。

他向波浪扭奪寶藏。

他使自己成為威脅，彷彿陰鬱的神祇。

他自他每一子民的爨火飲食。

他懂得閃電的字母。

他嗅出四播的灰燼。

他用黑色的毛皮包裹他的心。

他譯釋煙的螺紋。

他用沉默的纖維造就自己。

他彷彿橄欖的靈魂把自己浸在油中。

他變成透明堅硬的玻璃。

他學習成為颶風。

他磨煉自己直到血液乾竭。

只有那樣，他才不辜負他的人民。

勞塔羅對抗人頭馬（1554）

然後勞塔羅一波又一波地攻擊。
他訓練阿勞科的影子：
昔日，卡斯提亞的刀刺進
紅色群眾的心臟。
今天遊擊戰的種籽灑遍
森林各角落，
從石塊到石塊，從淺灘到淺灘，
自鐘形花後面窺探，
埋伏於岩石下方。
　　巴爾迪維亞試圖撤退。
　　　　　　　　　為時已晚。
勞塔羅來了，披著閃電之衣。
他緊追陷入困境的征服者。
他們在南半球暮色中
穿越潮濕灌木叢尋找出路。
　　　　　　　　勞塔羅來了，
　　在眾馬黑色的奔騰中。

疲憊和死亡引領
巴爾迪維亞的軍隊穿過葉叢。

　　勞塔羅的長矛逼近。

佩德羅‧德‧巴爾迪維亞在屍骨與落葉間
前進，彷彿身陷隧道之中。

　　黑暗中勞塔羅來了。

他憶起多石的艾斯特雷馬杜拉，
廚房裡的金色橄欖油，
留在海洋彼岸的茉莉花。

　　他認出勞塔羅的叫陣聲。

羊群，粗陋的農舍，
塗上白漆的牆，艾斯特雷馬杜拉的午後。

　　勞塔羅之夜降臨。

他的尉官們彷彿被血、夜和雨水灌醉，
搖搖晃晃步上撤退之路，

　　勞塔羅的箭一支支抽動。

跌跌撞撞的連隊
在血泊中節節敗退。

　　已然觸碰到勞塔羅的胸膛。

巴爾迪維亞見到一道光，曙光，

也許是生命，海。

是勞塔羅。

譯註：人頭馬（Centauro），又名半人馬，希臘神話中一種半人半馬的怪物，
　　　上半身是人的軀幹，下半身（腰部和四肢）則是馬身。人頭馬居住位於
　　　在希臘中東部屏達思山和愛琴海之間叫作塞薩利和阿卡迪亞的地區。他
　　　們經常因放蕩和好色而被描述成酒神狄俄尼索斯的追隨者。佩德羅‧
　　　德‧巴爾迪維亞（Pedro de Valdivia），來自西班牙的征服者，也是第
　　　一任智利皇家總督。服役西班牙軍隊期間被派駐於義大利和法蘭德斯，
　　　1534年晉升陸軍中尉，後被派遣至南美，任副司令，建智利聖地牙哥，
　　　於出戰馬普切原住民時身亡。艾斯特雷馬杜拉（Extremaduran），西班
　　　牙西部的一個自治區，是許多西班牙探險家和征服者的故鄉。

青春

一種和路邊李子
酸劍一樣的香味，
齒間糖一般的親吻，
滑落指尖的滴滴生之汁液，
甜蜜的情慾果肉，
打穀場，乾草堆，寬深的
房屋誘人的祕密處所，
猶未從昔日睡醒的床墊，自上方，
自隱密的玻璃窗看到的陡峭的綠色山谷：
潮濕的青春劈劈啪啪燃燒，
像一盞在雨中被擊倒的燈。

一朵玫瑰

我看到一朵玫瑰在水邊，一隻
紅色眼瞼的小杯子，
一個空靈的聲音將它支撐在高處：
綠葉之光輕觸源泉
用透明的腳孤獨的存在
改變森林的面貌：
空氣中佈滿明亮的衣袍
而樹確立了它沉睡的規模。

一隻蝴蝶的生與死

穆佐的蝴蝶在暴風雨中飛行：

所有春分秋分線，

綠寶石冰凍之膏，

一切都在閃電中飛行，

大氣最終的結果受到撼動，

而後一陣綠雄蕊的雨，

綠寶石受驚的花粉升起：

它潮濕芬芳的巨大絲絨

一塊塊落在旋風的藍色岸上，

和落下的大地的酵母匯合，

回歸葉子的故鄉。

譯註：穆佐（Muzo），哥倫比亞的城鎮，以生產綠寶石（祖母綠）的礦區著
　　　稱。

魚與溺斃者

突然我發現周圍的魚群變得
稠密起來，滿是鋼鐵的形象，
利如刀口的嘴，
潛沉之銀的閃電，
守喪之魚，尖頂拱形之魚，
指甲鑲金的穹蒼之魚，
帶有閃亮圓點花紋之魚，
帶十字交叉寒意淩人之魚，
一種白色的速率，一種薄弱的迴圈的
科學，大破壞與成長的
卵形之嘴。
手或腰是俊美的──
被變化無常的月亮環繞，
它看到魚族的居民蝟集，
一條充滿生命彈力的潮濕之河，
天秤座星座之增殖，
再生之蛋白石散佈於
陰鬱之海洋的床單上。

他看到咬噬他的銀色之石在燃燒，
顫慄之寶藏的旗幟，
當他下沉到吞沒一切的深處時，
他交出自己的血液，

懸浮於以多血質的指戒

圍繞他軀幹的嘴，

直到，分崩離散，

像分泌樹汁的莖幹，他成為潮水的

盾形紋章，紫水晶打造的

衣裳，海底

受傷的遺產，在眾多的樹上。

復活節島

Tepito-Te-Henúa，海洋的肚臍眼，
海的工作坊，絕滅的冠冕。
自你的火山岩渣升起人的
額頭，在海洋之上；
石頭的眼縫度量著
旋風的宇宙，
舉起你石像們純粹的量的
那只手是中心所在。

你虔誠的岩石朝一切
海洋的波紋切去，
人的臉面顯現，
自島嶼的母體生出，
自空虛的火山口誕生，
他們的腳纏在寂靜中。

他們是哨兵，關閉了
從所有潮濕地域湧來的
水的週期，
而海，面對這些面具，扣押了
他們暴風雨的藍樹。
除了臉之外無人佔據
這王國的領域。安靜得像是

另一個星球的入口，封住
島嶼嘴巴的線。

如此，在海中教堂圓頂的光亮裡

石之寓言以其殘缺的勳章
裝飾著無際的空間，
而那些為海沫的永恆
登上這全然孤寂王國
的小王們
在看不見的夜裡回到了海，
回到他們鹽的石棺。

只有，死在沙灘上的月光魚。

只有，嚙蝕著恐鳥的時間。

只有，沙中的永恆
知道這些話：
緘封的光，死寂的迷宮，
開啟海底缽形大廳的鑰匙。

譯註：本詩原題為「Rapa Nui」（拉帕努伊），是復活節島（西班牙語Isla de Pascua）的別稱（另有據英語Easter Island音譯為伊斯特島者），位於智利西面外海約3600到3700公里處南太平洋中的島嶼，為智利的特殊領地，也是世界上最與世隔絕的島嶼之一。Tepito-Te-Henúa（意為「海洋的肚臍眼」）為其更早之名。

酒

秋酒或春酒，酒
以及酒伴兒，在一張春分秋分的
樹葉零亂散落的桌際，世界的
大河泛白，距離我們的歌
如此地遠。
　　　　　　我是個隨遇而安的飲者。

你沒有來這裡所以我撕下
你生命的一頁。當你離開時
你可以帶走我的某些東西：一些薔薇或
栗子或永不枯萎的根，
　與同伴分享。

你可以和我一同歌唱，直到
我們的酒滿溢並且將桌板染成
紫色。
　　你嘴裡的蜜酒
直接釀自塵埃斑斑的蜂群。

　我歌曲中的陰影有多少已經消失：
　　　　　　　　啊老友——
我愛與之面對面，自生命中蒸餾出
我所宣稱的男性的科學：

親睦，粗魯溫柔的樹叢。

把你的手給我，只要
跟我來，不要在我的話語中尋找
來自或滲出植物以外的事物。

為什麼問我工人以外的事情？你知道
我一錘一錘地打造我隱密的冶煉場，
除了與我的舌頭交談我不愛說話。
去找醫生吧，如果你受不了風吹。

哦，讓我們歌大地的澀酒，
用秋天的杯子敲打桌板，
當吉他或寂靜不斷地帶給我們
愛的線譜，虛幻之河的語言，
沒有意義的美好的詩節。

船長的詩

（1951-1952）

你的笑

拿走我的麵包，如果你要，
拿走我的空氣，但
別從我這兒拿走你的笑。

別從我這兒拿走這朵玫瑰，
那被你剝開的水龍噴嘴，
在你的歡愉中突然
迸出的水，
從你身上生出的
突如其來的銀波。

我艱苦地戰鬥著，帶著
不時因目睹
無變動的地球
而疲憊的眼睛歸來，
但當你的笑聲進入，
它升上天空找我，
為我打開所有
生命之門。

我的愛，你的笑
在最黑暗的時刻
綻開，而如果你突然

看見我的血染紅了

街上的石頭，

就請你笑吧，因為你的笑

將成為我手中

清新的劍。

秋日海邊，

你的笑當掀高其

四濺的瀑布，

而在春天，愛人啊，

我要你的笑像

我期待著的花，

藍色的花，玫瑰，

開在我回聲四起的祖國。

笑夜，笑

白日，笑月亮，

笑島嶼

扭曲的街道，

笑這個愛你的

笨拙男孩，

但當我睜開

眼又閉上眼，

當我的腳步離開，

當我的腳步返回，

你可以拒絕給我麵包，空氣，

光，春天，
但絕不要拒絕給我你的笑，
不然我會死掉。

失竊的樹枝

在夜裡我們將進去
竊取
一根開花的樹枝。

我們將爬過牆
摸黑於外星花園中，
陰影裡的兩個影子。

冬天尚未離去，
蘋果樹現身，
突然變成
一條芬芳的星光瀑布。

在夜裡我們將進去
到其顫抖的穹蒼，
你的小手和我的
將竊取那些明星。

然後靜默地，
往我們的屋子，
在夜與陰影裡
跟著你的腳步踏入
無聲的香氣之階，

跟著星光閃爍的腳

進入春天明澈的身體。

如果你將我遺忘

我想讓你知道
一件事。

你知道是怎麼一回事：
如果我在窗前凝望
悠緩秋日
晶瑩的月亮，紅色的枝椏，
如果我在爐火邊
輕觸
細不可感的灰燼
或皺褶斑斑的柴木，
凡此種種皆引我貼近你，
彷彿存在的一事一物，
芳香，光，金屬，
都是一艘艘小船，航向
那些等候我造訪的你的小島。

然而，
倘若你對我的愛意逐漸消逝
我也將緩緩終止我的愛。

如果你突然
將我遺忘，

就別來找我，
因為我將已然忘記你。

如果你認為那穿越我一生的
旌旗之風
既久且狂，
決定
棄我於
我紮根的心的岸邊，
請記住
就在那一天，
那一刻，
我將高舉雙臂，
我的根將出發尋找
另一片土地。

但是
如果每一天，
每一刻，
你滿心歡喜地
覺得你我命運相依，
如果每一天都有一朵花
爬上你的雙唇前來尋我，
啊，親愛的，啊，我的人兒，
我心中所有的火會再次燃起，
澆不熄也忘不了，

我的愛因你的愛而飽滿，親愛的，

只要你一息尚存，它就會在你懷裡

且被我緊抱。

譯註：在電影《郵差》的原聲帶中，我們可以聽到歌星瑪丹娜（Madonna）朗
　　　誦此詩。

元素頌
（1952-1957）

時間頌

在你裡面，年歲
不斷增長，
在我裡面，年歲
不斷流逝。
時間堅毅果決，
我們聽不見它的鐘響，
它在我們體內
積累、流動，
現身在
我們的目光裡
如一口無底的深井，
在你那雙焦灼的栗色眼睛
一角，
一縷細絲，一條
極微小的河流的軌跡，
一顆小流星
直奔升到你的嘴唇。
時間又將
它的紗線
織進你的髮間，
但在我心中
你忍冬花般的
香氣

鮮活如火。

像我們這樣，恣意地

生活、老去，

也是美事一樁。

每個白晝

都是透明的石頭，

每個夜晚

對我們都是一朵黑玫瑰，

而你我臉上的這皺紋

是石頭，是花朵

是一道閃電的回憶。

我的雙眼因你的美而耗盡，

但你就是我的雙眼。

你的雙乳在我一遍遍親吻下

也許累倒了，

但每個人都在我的喜悅中

看到你祕密的光輝。

親愛的，有什麼好在乎的，

時間那東西，

正是它舉起了

我的身體和你的溫柔

像並行的兩團火焰，

或兩株穀穗，

明天它會確保其火光不滅

或剝出其穀粒，

且用它同樣隱形的手指

抹掉那分離我們的身份，

賜予我們在大地之下合而為一的

最終勝利。

譯注：詩中的「你」，應指年紀比聶魯達小的他的愛侶瑪提爾德‧烏魯齊雅。

數字頌

啊，多渴望知道
有多少！
多急於
知道
有多少
星星掛在天際！

童年時
我們計數
石頭和植物，手指和
腳趾，沙粒和牙齒，
少年時我們計數
花瓣和彗星的尾巴。
我們計算
顏色，年歲，
生命，和親吻；
鄉間的
牛只，海邊的
浪花。船隻
成為繁殖的數位。
數字相乘相生。
城市
以千，以百萬計，

數以百計的

小麥當中包含了

更小的數字，

小過一粒麥子。

時間成為數位，

光被測算出，

無論它如何與聲音賽跑

速率始終是37。

數字包圍著我們。

夜裡，當我們疲憊地

關上房門，

800自門底縫隙

溜入，

和我們一起爬進被窩。

睡夢中

400和77

用鐵錘和火鉗

重擊我們的額頭。

5

與5相加

直到它們沉入大海或陷入瘋狂，

直到太陽用0和我們打招呼，

然後我們跑著

到辦公室

到工作場所

到工廠，

在嶄新的每一天
再度展開無窮盡的1。

身為人類，我們有足夠的時間
慢慢地滿足
自己的渴望，
這代代相傳的渴望——
渴望賦予萬物數字，
合計它們，
將之分解成
粉末，
數字的荒原。
我們
用數字和名字
包裝世界，
但是
萬物終究逃過了劫數，
它們逃離
數字，
成群地瘋狂，
蒸散，
留下
某種氣味，一份回憶，
任數字空幻虛無。
這便是為什麼
我希望你

擁有事物本身。

讓數字

下獄，

讓它們以完美的分別式

大步前行，

不斷生殖，

向無限大的，

總數邁進。

我只希望

讓沿路的

數字

保護你

也讓你保護它們。

願你週薪的數目

擴張直到橫跨胸膛，

而從你們，你和你愛人的身體

相擁而成的數字2中，

願生出一雙雙你們的孩子的眼睛，

他們將再次計數

古老的星星

以及那覆蓋全新大地的

數不盡的

麥穗。

番茄頌

街道
浸淫在番茄裡
正午，
夏日，
光
破裂成
兩半
的
番茄
而街道
帶著果汁
奔跑，
衝進
廚房，
接管午餐，
安靜地
定居在
餐具架上，
跟著玻璃杯，
奶油碟子
藍色的鹽瓶。
它有
它的光亮，

漂亮的威嚴。

真不幸，我們必須

暗殺：

一隻水果刀

撲通進

活生生的漿果，

鮮紅的

內臟，

一顆鮮豔

深沉，

取用不盡的

太陽

淹沒了全智利的

沙拉，

愉快地用金黃的洋蔥

塗飾；

而為了慶祝，

油脂——

橄欖樹

柔順的精髓——

讓自己掉落

到它張裂的半球，

甘椒也

加上

它的芬芳，

鹽，它的磁力——

這是白日的

婚禮：

荷蘭芹

誇示

它的小旗子，

馬鈴薯

歡騰著，

烤肉的香味

把門都

擊倒了：

可以吃了！

快走啊！

在織著夏天花紋的

桌子上，

番茄，

我們地上的星星，

我們繁複而肥沃

的星星，

炫耀著

它們的迴轉，

運河，

無骨

無殼，

無鱗無刺的

充實與

豐滿，

賜給我們

豔熱的

節慶

和擁抱一切的新鮮。

慵懶頌

昨天我感覺這首頌歌
無意從地上升起。
是時候了，它
至少該
露出一片綠葉。
我搔了搔地面：「起來，
頌歌姊妹」——
我對她說——
「我答應過你，
你不要怕我，
我不會壓垮你的，
有四葉的頌歌，
有四手的頌歌，
我要和你一起喝茶。
起來，
我打算封你為頌歌之後，
我們一起騎腳踏車
到海邊。」
無用矣。

然後，
在松樹之巔，
懶惰

裸體現身，
她讓我眼花繚亂
又昏昏欲睡，
在沙灘上她領我看
海中物的
小碎片，
木頭，海藻，鵝卵石，
海鳥的羽毛。
我尋找但沒看到
黃瑪瑙。
海水
洶湧高漲，
衝垮高塔，
侵襲
我祖國的海岸，
接二連三
推湧出泡沫的災難。
獨自在沙灘上
一道光打開了
一環花瓣。
我看見一群銀色海燕飛過
而鸕
牢釘在岩石上
像黑色十字架。
我讓一隻在蜘蛛網中
飽受折磨的蜜蜂重獲自由。

我把一顆鵝卵石
放進口袋，
它光滑，十分光滑，
像鳥的胸部，
此時在海岸上
太陽和迷霧爭鬥了
一整個下午。
有時
霧透著
光，
像黃玉，
另一些時候
一道潮濕的陽光落下，
滴著黃色的水滴。

夜裡，
想著我那首逃逸的頌歌的責任，
我在爐火旁
脫去鞋子；
沙石從鞋中滑落，
而很快地我就
入睡了。

衣服頌

每個清晨你等待，
衣服，在椅子上，
等待我的虛榮，
我的愛，
我的希望，我的身體
去充滿你，
我——
離開睡眠，
向水說聲再見
就鑽進你的袖子，
我的腿尋找
你腿的中空處，
如是地被你永不倦怠的
忠誠擁抱著，
我外出踩踏草原，
我走進詩歌，
我穿窗而望，
看著事物，
男人，女人，
行動與爭鬥
不斷成就今天的我，
不斷反對我，
運用我的雙手，

打開我的眼睛，

把味道放進我的嘴中，

而如此，

衣服，

我造就了今日的你，

伸出你的手肘，

繃裂縫線，

你的生命使我的

生命形象滿盈。

你在風中

掀起巨浪並發出反響，

彷彿你即是我的靈魂，

在難過的時刻

你依附著

我空虛的

骨頭，在夜晚

黑暗與睡眠，

以其幽靈充塞

你我的翅翼。

我問

是否有一天

敵人射來的

子彈

會將我的血液沾染到你的身上，

然後

你將與我一起死亡，

或許

事情不可能

如此戲劇化，

而只是單純，

你將逐漸害病，

衣服，

和我，和我的身體

共同地

我們將進入

大地。

想到這一點，

每天

我虔敬地

向你致意，然後

你擁抱我，而我忘掉你，

因為我們是一體的，

將一直共同地

面對風，在夜晚，

街道或者爭鬥，

一體，

或許，或許，有一天靜止不動。

夜中手錶頌

夜裡，我的錶
像一隻螢火蟲
在你手中發光。
我聽到
它的發條：
像斷然的耳語
從你看不見的手
遁去。
隨後你的手
重回我幽暗的胸膛
收容我的夢及心跳。

錶
用它的小鋸子
不斷切割時間。
一如在樹林裡
掉落的
木頭碎片，
水珠，小段小段的
樹枝或鳥巢，
未打擾那份安靜，
未中斷那清冷的黑暗，
我的錶

也如是在你看不見的手中
不斷切割
時間，時間，
分鐘如葉子般
落下，
斷裂的時間的纖維，
黑色的小羽毛。

一如在樹林裡
我們聞到根的氣味，
在某處水釋出
濕葡萄般的
豐滿水滴。
一個小磨子
正研磨著夜，
陰影低語
從你手中落下
鋪滿大地。
塵埃，
泥土，距離，
夜裡我的錶
在你的手中
不斷磨啊磨。

我把手臂
安放在

你看不見的脖子下方，
它溫暖的重量下方，
時間落入
我手中，
隨著夜，
隨著來自樹林
來自被分割的夜，
來自斷裂的陰影，
來自落下又落下的水的
細微聲響：
然後
夢也落下，
從錶，從你那
兩隻熟睡的手，
落下如樹林
陰暗之水，
從錶
到你的身體，
從你流向四面江山，
陰暗之水，
流過我們體內的
時間的
逝水。

此即夜之樣貌，
陰影與空間，大地

與時間，
且流且落且逝的
某樣東西。
此即行過大地的
所有的夜之樣貌，
僅留下朦朧的
黑色香氣。
一片葉落，
一滴水入土
悄然無聲，
樹林，河流，
草原，
鐘鈴，眼睛，
都睡著了。

我聽到你的呼吸聲，
親愛的，
我們睡吧。

西撒．瓦烈赫頌

我在我的歌裡追憶，

瓦烈赫，

你臉上的石塊，

乾旱山脈的

皺紋，

脆弱身軀之上的

你巨大的

額頭，

新出土的

你的眼睛裡

黑色的霞光，

那些險峻

坎坷的

日子，

每個小時有

不同的苦澀

或遙遠的

溫柔，

生命的

鑰匙

在街上

灰塵滿布的

光裡顫抖，

你旅行歸來，

一趟緩慢、地底的

旅程，

而我在傷痕累累的

山脈之巔

不停敲門，

祈求牆洞開，

路延展，

我剛從瓦爾帕萊索抵達，

正要從馬賽出發，

地球像一顆

芬芳的檸檬

被切成

兩個清涼的黃色半球，

你

留在

那裡，毫不

屈從，

以你的生

和你的死，

以你墜落的

沙子，

測量自己，

清空自己，

在大氣中，

在煙霧裡，

在冬日

破敗的街巷間。

在巴黎，你投宿在

破舊不堪的

窮人旅店。

西班牙

正淌著血。

我們去過。

然後你留下來，

再一次，在煙霧裡，

而當你

忽然間，不在此世了，

收納你骨頭的

不是結疤的大地，

不是安第斯山脈的石頭

而是巴黎冬日的

煙霧

與霜。

你兩度流亡，

我的兄弟，

離開大地與大氣，

離開生與死，

流亡，

離開秘魯，離開你的河川，

告別自己的土壤。

你生時我未曾想你，

而是死後。

我在你的大地

一點一滴

一塵一土

尋你，

你的臉

是黃色的，

你的臉

陡如峭壁，

你滿是

古老的寶石，

滿是碎裂的

瓶罐，

我登上

古老的

石階，

或許

你迷路了，

被金線

纏住，

被綠松石

遮蔽，

沉默不語，

又或許

在你的村鎮，

在你的族人裡，

散佈的

玉米粒，

旗幟的

種籽。

或許，或許此時

你正轉世

歸來，

來到

旅途的

終點，

如是

有一天

你會發現自己

在祖國的中央，

造反叛逆，

生氣勃勃，

水晶中的水晶，火中之火，

紫石之光。

譯註：西撒・瓦烈赫（César Vallejo, 1892-1938），秘魯詩人，聶魯達友人，
　　　二十世紀最重要的拉丁美洲詩人之一，1938年病逝於巴黎。瓦爾帕萊
　　　索（Valparaíso），智利最大的海港，瀕臨太平洋，是瓦爾帕萊索省首
　　　府，位於首都聖地牙哥西北120公里處。

悲傷頌

悲傷，有七隻跛腳的
聖甲蟲，
蜘蛛網之蛋，
頭破血流的老鼠，
母狗的骸骨：
禁止進入。
不要進來。
滾開。
帶著你的雨傘滾回
南方去，
帶著你的蛇牙滾回
北方去。
有一個詩人住在這裡。
沒有悲傷可以
越過這個門檻。
穿過這些窗戶
進來的是世界的呼吸，
鮮紅的玫瑰，
繡著人民勝利的
旗幟。
不准。
不准進來。
拍掉

你蝙蝠的翅膀，
我要踐踏從你斗篷
落下的羽毛，
我要把你屍體的
片片塊塊
掃到風的四個角落，
我要擰你的脖子，
我要縫死你的眼皮，
我要織你的屍衣，
並且，啊悲傷，把你囓齒類的
骨頭埋葬在蘋果樹的春天下。

火腳頌

你有
兩隻小小的
腳
比蜜蜂
大不了多少,
但是啊,瞧瞧
你是怎麼對待
鞋子的!
我是知道的,
你來來去去,
上樓下樓,
比風還快。
我還
來不及
叫你,
你已到來;
在兇險的海岸線,
沙灘,石頭,荊棘,
你伴我
前行;
在林中
跨步行過樹木和
靜止的綠水,

在郊區，
大步走在
無法通行的
街道，
穿過鋪著抑鬱
柏油的人行道，
當世界的
光
磨損
如旗幟，
無論在街上或林中，
你都伴我
前行，
一個大無畏、不懈怠的
同伴，
但是，
我的天啊，
你是怎麼對待
鞋子的！

彷彿就在
昨日
你將它們裝在盒裡
帶回家，
你打開盒子，
它們在你眼前

閃閃發光

像

兩件

小

武器，

嶄新

的

兩枚

金

幣，

兩個小鈴鐺，

但今天

我看到了什麼？

在你腳下

是兩隻

皺巴巴的刺蝟，

兩個半開的拳頭，

兩根走樣的

黃瓜，

兩隻表皮

褪色的

蟾蜍，

是的，

這就是

一個月前，才一個月前

離開

鞋店時

還是一對耀眼星星的

它們

眼前的

模樣。

就像

峽谷中綻放的

美麗的黃花，

或纏繞樹枝生長的

藤蔓，

就像

蒲包花

或智利鐘型花

或生機勃勃的

莧菜，

如是地，

晶亮，芳香，

你如是地，燦開著，

長伴著我，

如一座鳥舍，一座南方

山脈中的

瀑布，

你的心

伴著

我的心

一同歌唱，

但是，

火腳啊，

你怎麼

把鞋子

吃掉了！

腳踏車頌

我沿著
嘶嘶作響的道路
前行：
太陽劈啪有聲
如烤焦的玉米，
而
大地
熱出水皰，
杳無人煙的
藍空底下
無邊無際的圓。

它們
與我
擦身而過，
幾輛腳踏車，
乾燥
夏日時分
僅存的
昆蟲，
安靜，
迅捷，
閃爍，

幾乎沒有
驚動空氣。

工人和女孩
前往
工廠，
眼睛
臣服於
夏天，
頭臣服於天空，
坐在
飛馳的
腳踏車的
硬甲殼
上，
呼呼
騎過
橋樑，薔薇叢，荊棘
和正午。

我想像傍晚的情景，
男孩清洗完畢，
唱歌，吃飯，舉起
一杯
酒
為愛情

和生活

而飲，

在門口

守候的

腳踏車

靜止不動，

因為

唯有行進中

它才有靈魂，

而今屈身於此

不是

閃閃發光

整個夏天

哼唱不停的

昆蟲

而是一具

冰冷的

骨骸

唯有

被需要時

有光之時

才

得以重生，

也就是說，

跟著

嶄新的

每一天
復活。

雙秋天頌

大海精神奕奕，在大地
休眠之時：
海岸的
昏暗秋天
以其死沉
將陸地塗上
靜止的光，
然而
漂泊的海啊，它
精神奕奕。

它的
戰鬥中
沒有
一點點
或
一滴滴
睡意，
死亡
或
黑夜的
成分：
所有

水的

機件，它的藍色

大鍋，

那用

狂野的花

為海浪

加冕的

怒吼的

風的工廠，

一切

生機勃勃

有如

公牛的

內臟，

有如

音樂的

火焰，

有如

愛侶的

交合。

泥土裡

秋天的

苦勞

永遠都是

黑暗的：

被鎮住的

根，埋入

時間之土的

種籽，

而在上方

只有

寒冷的花冠，

溶解

成

黃金的

隱隱

葉香：

虛無。

森林裡

一把斧頭

劈碎

水晶樹幹，

而後

夜幕

低垂，

大地

用黑色

面具

遮住臉龐。

但

大海

不息，不睡，不死。

它的肚皮

在夜裡鼓脹，

因潮濕的

星星

凹陷，像黎明的小麥，

它生長，

悸動，

且哭泣

如走失的

孩童，

唯有黎明的

光熱

能像鼓一樣，讓其

甦醒，巨大，

走動。

它所有的手動了起來，

它不懈的身體，

它長排的牙齒，

它與鹽，太陽，銀的

交易，

萬物

隨其夷平一切的

泉流，

隨其鬥志高昂的

動作
波動，翻動，
而此時
陸地上
憂愁的
秋天
行過。

狂 想 集
（1957-1958）

要升到天際你需要

　　　　　　　　　　要
　　　　　　　　　升
　　　　　　　　到
　　　　　　　天
　　　　　　際
　　　　　你
　　　　需
　　　要

一對翅膀，
一把小提琴，
以及這麼多東西，
數不清的東西，沒有名字的東西，
一隻大眼睛慢遊的許可證，
杏仁樹指甲上的題字，
晨間綠草的頭銜。

靜下來

現在我們從一數到十二，
然後大家都保持安靜。

就這一次，讓我們在地球上
不要用任何語言說話，
讓我們靜下來一秒鐘，
不要過度移動我們的手臂。

這將是芬芳的一刻，
不急不躁，沒有機車，
我們將一起度過
瞬間的不安。

寒冷海上的漁民
將不再傷及鯨魚，
採鹽人將注視
他傷痕累累的雙手。

策劃綠色戰爭，
策劃毒氣戰、火藥戰，
策劃趕盡殺絕
勝役的那些人，
將穿上潔淨的衣服

和兄弟在樹蔭下
漫步，什麼事都不做。

可別把我想要的
與全然不作為混為一談：
我要的只是生活，
我不想和死亡有任何瓜葛。

如果我們無法同心協力地
改變我們的生活，至少
可以試一次什麼都不做，
也許這巨大的靜默
可中止這種永遠
不能相互理解、永遠
被死亡所威脅的悲哀，
也許要以大地為師，
萬物一時看似死絕，
隨後卻都復甦起來。

現在我從一數到十二，
你們靜下來，我就走。

美人魚與醉漢的寓言

所有這些人都在裡面

當她全身赤裸地走進。

他們一直在喝酒，並且開始侮辱她。

她剛從河裡來，什麼也不懂。

她是一名迷路的美人魚。

笑罵聲自她閃爍的身體流過，

猥褻的話語浸透了她金黃的胸脯。

眼淚是陌生的，她沒有哭泣，

衣裳是陌生的，她沒有衣服。

他們用香菸末端和灼燙的木塞撥逗她。

並且在酒店的地板上大笑打滾。

她沒有說話，因為她不知道言語為何物。

她的眼睛是遠方愛情的顏色，

她的手臂媲美黃晶玉，

她的雙唇在珊瑚紅的燈光中無聲地蠕動，

最後她自那扇門離去。

一鑽進河裡她就把一切污穢洗盡，

再度閃亮有如雨中的白石；

不回頭看一眼，她再度遊去，

游向虛無，游向她的死亡。

譯註：在電影《郵差》的原聲帶中，我們可以聽到影星伊桑・霍克（Ethan
　　　Hawke）朗誦此詩。

抑鬱者

我留下她在門口等候，
而我一去不復回。

她不知道我不會回來了。

一隻狗經過，一個尼姑經過，
一個星期經過，一個年頭經過。

雨水沖刷掉我的腳印，
雜草蔓生於街上，
歲月，像石頭，
緩慢的石頭，年復一年
落在她頭上。

後來戰爭爆發
彷彿噴血的火山。
孩童們死了，房屋毀了。

而那個女人沒有死。

整個平原燒起來。
那些沉思已千年的
溫和金黃的神像

被拋出廟宇摔得粉碎。
它們無法再繼續做夢。

那些清涼的屋子，我
安放吊床的陽台，
薔薇科植物，
巨手狀的樹葉，
煙囪，馬林巴琴，
全被壓垮焚毀。

原本的城市
只剩灰燼，
扭曲變形的鐵，死去的
雕像猙獰的頭髮
以及發黑的血漬。

以及那個等待的女人。

可憐的男孩

於此星球，我們付出多麼高的代價
才能安靜地彼此做愛！
全世界的人在床單底下偷窺，
他們擾亂著你的愛。

他們危言聳聽地談論
一對男女——
他們經過長久漂泊，
費盡心神，
方得一償獨一無二之願，
共眠於一張床上。
我不知道青蛙是否
也會彼此窺伺輕蔑，
是否也會在沼澤喃喃
詛咒犯錯的青蛙，
詛咒兩棲動物的歡愉。
我不知道鳥兒是否
也彼此懷恨，
公牛與母牛在交歡之前
是否也擔心隔牆有耳。

而今連馬路都長了眼睛，
公園裡有員警站崗，

旅館鬼鬼祟祟地監視房客，

窗戶會記名字，

軍隊和大炮動員起來

去反擊愛情，

喉嚨和耳朵

永不休止地忙著，

所有男孩只好帶著女友

騎上單車

追逐高潮。

譯註：在電影《郵差》的原聲帶中，我們可以聽到影星茱莉亞‧羅勃茲（Julia
Roberts）朗誦此詩。

貓之夢

貓何其優美地安睡著，
以它的腳掌和姿勢，
以它邪惡的尖爪
和無情的冷血，
以它所有的環狀物，
一連串焦褐色的圓圈──
這些建構出牠沙色尾巴的
怪異地質學。

我希望能有貓一般的睡夢，
以所有時間的毛皮，
以粗糙如燧石的舌頭，
以火的乾燥屬性；
不與任何人交談，
我將自己延展到全世界，
全部的屋頂和風景，
以激情的渴望
追捕我夢中的老鼠。

我見過熟睡的貓身
如何起伏波動，夜晚如何
像黑水般川流其間；
有時，它擺好落地姿態

或可能一頭栽進
光禿荒涼的雪堆。
有時它在睡夢中身形巨大
如老虎的曾祖父，
此時它會在黑暗中**翻躍過**
屋頂，雲朵和火山。

睡吧，睡吧，夜之貓，
以種種聖公會的儀式
且張著你硬如石頭的鬍鬚。
統領我們所有的夢吧，
用你冷酷的心
和你尾部長長的頸背
替我們掌控睡眠技藝
的朦朧度。

火車之夢

火車在車站裡
做夢，沒有防衛，
沒有引擎，熟睡著。

黎明時我躊躇地走進，
搜尋祕密：
遺留在貨車以及
旅行之後殘餘氣味裡的物品。
在離去的人群中，我感覺自己
孤單地在靜止的火車裡。

空氣凝重，一排
壓縮的對話
與暫態即逝的沮喪。
走道上逝去的人們
好像沒有鎖頭的鑰匙
掉落在座位底下。

從南方來旅行的女士，帶著
束束的花朵與小雞，
或許她們被謀害了，
或許她們回去了並且哭泣，
或許她們用康乃馨的火

把車廂燒光了，

或許我也旅行著，和他們一塊，

或許旅途中的蒸汽，

潮濕的欄柵，或許

它們全都活在靜止的火車裡，

而我是一名睡著的旅客

突然間悲慘地醒來。

我坐在位子上，火車

奔跑過我的體內，

衝破我的邊境——

一轉眼，它變成童年時的火車，

清晨的煙霧，

夏日的澀甜。

仍有其他逝去的火車，

滿載哀愁，

像滿車的瀝青；

靜止的火車如是繼續奔跑於

黏著我的骨頭

逐漸陰沉起來的早晨。

我獨自在孤寂的火車中，

但不只是我孤獨，

一大群孤寂聚集著，

就像月台上那些農民，

期待著旅行，

而我，在車中，像發黴的煙，

跟著這麼多沒有活力的人，

承受著這麼多的死亡，

感覺自己迷失在一次

除了衰竭的心以外，沒有什麼

東西移動的旅行當中。

朋友回來

當一個朋友死去，
他回到你的體內再一次死亡。

他搜索著，直到找到你，
讓你殺死他。

讓我們注意——走路
吃飯，談天——
他的死亡。

他過去的一切已微不足道。
每個人都清楚他的哀傷。
如今他死了，並且很少被提及。
他的名字遁去，無人留戀。

然而，他依舊在死後回來，
因為只有在這兒我們才會想起他。
他哀求地試圖引起我們的注意。
我們不曾看到，也不願意看到。
最後，他走開了，不再回來，
不會再回來，因為現在再沒有人需要他了。

太多名字

星期一，星期二緊緊嚙合，
一個星期跟一年。
時間不會被
你衰竭的剪刀剪斷，
而白日的名字悉數被
夜晚的潮水沖失。

沒有人能夠說自己叫彼德洛，
沒有人是羅莎或者瑪利亞，
我們都只是塵土或沙，
我們都只是雨中之雨。
他們跟我談到委內瑞拉，
談到智利，還有巴拉圭；
我不知道他們到底在說些什麼。
我只知道地球的皮毛，
而我知道他沒有名字。

當我跟草根住在一起，
它們比花朵更叫我滿意，
而當我跟一顆石頭說話，
它響亮如鈴聲一般。

好長好長啊，到冬天

都還不走的春天。
時間遺失了它的鞋子。
一年持續了四百年。

每天晚上當我睡著的時候
我的名字叫什麼或不叫什麼？
而當我清醒的時候，我又是誰呢，
如果我不是睡覺時的我？

這意思是說我們才剛
踏進生命
就彷彿新生般地到來；
讓我們不要把嘴巴塞滿
這麼多變動的名字，
這麼多悲哀的禮制，
這麼多華麗的字母，
這麼多你的跟我的東西，
這麼多檔的簽署。

我有心弄混事物，
結合他們，令他們重生，
混合他們，解脫他們，
直到世界上所有的光
像海洋一般地圓一，
一種慷慨、碩大的完整，
一種爆裂、活生生的芬芳。

一百首愛的十四行詩

（1957-1959）

1

瑪提爾德：植物，岩石，或酒的名字，
始於土地且久存於土地的事物之名，
天光在它成長時初亮，
檸檬的光在其夏日迸裂。

在這個名字裡木製的船隻航行，
被團團海藍的火環繞：
它的字母是河水，
流入我焦乾的心。

啊，顯露於藤蔓下的名字，
彷彿一扇門通向不知名的隧道，
通向世界的芬芳！

啊，用你熾熱的嘴襲擊我，
如果你願意，用你夜的眼睛訊問我，
但讓我航行於你的名裡並且安睡。

20

我的醜人兒，你是一粒未經梳理的栗子，
我的美人兒，你漂亮如風，
我的醜人兒，你的嘴巴大得可以當兩個，
我的美人兒，你的吻新鮮如西瓜。

我的醜人兒，你把乳房藏到哪裡去了？
它們乾瘦如兩杯麥粒。
我更願意見到兩個月亮橫在你的胸前，
兩座巨大的驕傲的塔。

我的醜人兒，大海的店鋪裡找不到你這樣的指甲，
我的美人兒，我一朵一朵花，一顆一顆星，
一道一道浪地為你的身體，親愛的，編了目錄：

我的醜人兒，我愛你，愛你金黃的腰，
我的美人兒，我愛你，愛你額上的皺紋，
愛人啊，我愛你，愛你的清澈，也愛你的陰暗。

27

裸體的你單純如你的一隻手，
光滑，樸拙，小巧，圓潤，透明，
你有月亮的線條，蘋果的小徑，
裸體的你纖細有如赤裸的麥粒。

裸體的你蔚藍如古巴的夜色，
藤蔓和星群在你髮間。
裸體的你，遼闊澄黃，
像夏日流連於金色的教堂。

裸體的你微小如你的一片指甲，
微妙的弧度，玫瑰的色澤，直至白日
出生，你方隱身地底，

彷彿沉入衣著與雜務的漫長隧道：
你清明的光淡去，穿上衣服，落盡繁葉，
再次成為一隻赤裸的手。

譯註：在電影《郵差》的原聲帶中，我們可以聽到歌星史汀（Sting）朗誦此
　　　詩。

45

別走遠了，連一天也不行，因為，
因為，我不知該怎麼說，一天是很漫長的，
我會一直等著你，彷彿守著空曠的車站，
當火車停靠在別處酣睡。

別離開我，連一小時也不行，因為
那樣點點滴滴的不安會全數浮現，
四處流浪覓尋歸宿的煙也許會飄進
我體內，絞勒住我迷惘的心。

啊，願你的側影永不流失於沙灘，
啊，願你的眼皮永不鼓翼飛入虛空：
連一分鐘都不要離開我，最親愛的，

因為那一刻間，你就走得好遠，
我會茫然地浪跡天涯，問道：
你會回來嗎？你打算留我在此奄奄一息嗎？

90

我想像我死了，感覺寒冷逼近，
剩餘的生命都包含在你的存在裡：
你的嘴是我世界的白日與黑夜，
你的肌膚是我用吻建立起來的共和國。

頃刻間都終止了——書籍，
友誼，辛苦積累的財富，
你我共同建築的透明屋子：
全都消失了，只剩下你的眼睛。

因為在我們憂患的一生，愛只不過是
高過其他浪花的一道浪花，
但一旦死亡前來敲門，啊，

就只有你的目光將空隙填滿，
只有你的清澄將虛無抵退，
只有你的愛，把陰影擋住。

智利之石

（1959-1961）

公牛

最老的公牛跨過日子，
它的雙腳磨刮地球。
它繼續，繼續行向大海的居所。
它抵達岸邊，最老的公牛，
抵達時間之端，海洋之濱。
它閉上眼睛，青草覆蓋全身。
它吸入整個綠色距離。
其餘留待沉默去建構。

岩石中的畫像

哦是的，我認識他，我跟他相處多年，
跟他那金黃、堅實的本質，
他是個疲倦的人：
在巴拉圭他遠離了父親和母親，
他的兒子，他的女兒，
他最近的姻親，
他的房子，他的小雞，
以及一些半開的書本。
他們把他叫到門口，
當他打開門時，員警逮捕了他，
他們重重地毒打他
以致他吐血，在法國，在丹麥，
在西班牙，在義大利，四處流徙，
他如此死了，我再也沒看到他的臉，
再也沒聽到他深沉的寂靜；
而後有一回，在一個暴風雨的夜晚，
大雪把平滑的斗篷
鋪放在山上，
在馬背，那兒，遠遠地
我注視著，我的朋友就在那裡：
他的臉在石中成形，
他的側面迎向狂野的氣候，
在他的鼻內風捂住

受迫害者的呻吟：

在那兒流亡者終止流亡：

化作石塊，他活在自己的國度裡。

南極之石

無限
終極於此處：
萬物在此開始：
河流在冰中的告別，
大氣與雪的婚禮。
街道、馬匹無處可見：
惟石之構造
存留。
無人居住於城堡，
迷途的幽靈
已被寒冷與風之酷烈
嚇跑：
就是這
把歌給了石塊，
並且懸起它精緻的外形，
高升如一聲 喊或曲調
而後緘默到底。
只有風留下，
嘶嘶發響的南極
之鞭，
只有空虛的白，以及
雨中的鳥聲
在孤寂的城堡之上。

海龜

海龜
走了
好遠
用
他
蒼老的
眼睛
看了好多，
海龜
以深
海的
橄欖
為生，
海龜游了
七個世紀
經歷過
七
千個
春天，
海龜
以殼為盾
對抗
酷熱

與嚴寒，
對抗
光與浪，
海龜
銀黃
相間，
有清晰
如月的
琥珀色澤
和掠奪之足，
海龜
停在
這裡
睡著了
還不自知。

這老人
佯裝
堅強，
拋棄了
對海浪的愛，
僵化
如一塊鐵板。

看過了
那麼多

海洋，天空，時間與大地，

現在，他

闔上

雙眼，

安睡於

岩塊堆中。

典禮之歌
（1959-1961）

派塔未安葬的女子（選十）

獻給西蒙·玻利瓦爾（Simon Bolivar）的愛侶
曼努埃拉·薩恩斯（Manuela Sáenz）的輓歌

5：缺席的愛人

愛人，為何說出你的名字？
在這幾座山裡
唯獨她逗留不去。
她體現的只是沉默，
粗獷、持久的孤寂。

愛與大地建立了
太陽末合金，
連太陽，這最後的太陽，
停屍間的太陽
也搜尋她失落的
全數光芒。
它搜索著，
而它的光線
時而閃爍於死亡附近──
在搜尋時劃切，砍殺如劍，
刺入沙中，
而愛人的手不在那兒，
沒撫摸到粉碎的劍柄。

你的名字不在了，
已逝的愛人，
但寂靜知道你的名字
已策馬翻山越嶺而去，
已策馬消逝於風中。

　　7：我們尋你無功而返
不行，無人能重新接合你堅實的身體，
無人能讓你燃燒的沙石復活，
你的嘴再也不會開啟其雙重唇瓣，
白色衣裳也不會再在你胸前隆起。

孤獨佈置著鹽，寂靜，馬尾藻，
你的身影被沙石吞噬，
你的蠻腰消失於遠方，
隻身一人，無高傲的騎士接應，
能縱馬疾馳過火焰，至死方休。

　　9：牌戲
你黝黑的小手，
你纖細的西班牙腳，
你豐腴明淨的臀部，
你的血管──流淌著
綠色火焰的古老河流：
你將一切都攤在桌上

像烈焰熊熊的寶物，
像被棄的枯死的橘花，
在如火如荼的牌局中：
這場非生即死的賭博。

　　　10：謎語
現在是誰在親吻她？
非他。非她。非他們。
是風飄揚著一面旗子。

　　　11：墓誌銘
這是受傷的女人：
夜裡，迂迴於諸多小徑，
她夢想勝利，
卻擁抱憂傷。
以一把劍為她的愛人。

　　　12：她
你是自由的化身，
戀愛中的解放者。

你獻出了美德與惡德，
一個不在乎恭敬的偶像。

當你濃密的頭髮掠過黑暗，
陰森的貓頭鷹也感到驚懼。

而明亮的屋瓦依然存在，
雨傘閃閃發光。

房子換了衣服，
冬天變得透明。

當時曼努埃拉正穿越
利馬疲憊的街道，
波哥大的夜晚，
瓜亞基爾的黑暗，
卡拉卡斯的黑西裝。

從那時起，黑夜翻轉成白晝。

　　13：疑問
為什麼？為什麼你不回來？
噢，永久的愛人，你的冠冕
不只是檸檬花，
不只是偉大的愛，
不只是亮黃的光
與高台上的紅絲綢，
不只是寬深臥榻的
床單和忍冬花，
並且，噢，
也以我們的鮮血和戰爭

加冕。

14：在所有的寂靜當中
現在，讓我們獨處。
與驕傲的女人獨處。
與穿戴紫色閃電的
她獨處。
與三原色的女皇。
與基多迴旋而上的藤蔓。

在世間所有的寂靜當中，
她選擇了這個憂傷的小海灣，
派塔的蒼白水域。

15：誰知道
我無法和你談論那光輝。
今天我只想找回丟失的
玫瑰，它藏在沙裡。
我想分享遺忘。

我想看漫長的分分秒秒
反覆折疊如旗幟，
隱身寂靜中。

我想看那被藏著的。

我想知道。

　　20：復活的女人
在墳墓或海洋或大地，軍營或窗戶，
請容我們回歸你不忠之美的光芒。
召喚你的身軀，尋找你破碎的形體，
使其再次成為領航的船首雕像。

（而她的愛人在墳穴裡會顫動如一條河。）

譯註：玻利瓦爾（Simón Bolívar, 1783-1830；參見本譯詩集〈給玻利瓦爾的
　　　歌〉一詩），拉丁美洲獨立運動先驅，有「南美洲的解放者」、「委內
　　　瑞拉國父」等稱號。曼努埃拉·薩恩斯（Manuela Sáenz，1797-1856）
　　　是厄瓜多爾貴族婦女，積極支持拉丁美洲的獨立運動，1822年與丈夫
　　　離婚後旋即與玻利瓦爾開始了長達八年的親密合作關係，為其紅粉知
　　　己和情人，直至1830年玻利瓦爾去世為止。她曾在1828年阻止了政治
　　　對手在「大哥倫比亞」首都波哥大（Bogotá）的暗殺計謀，救了玻利瓦
　　　爾一命，使她獲得「解放者的解放者」的稱號。1835 年她試圖返回厄
　　　瓜多爾時，護照遭總統撤銷，她流亡秘魯，住在西北部濱海小城派塔
　　　（Paita），成為一個窮困潦倒的流浪者，於1856年去世，被葬於派塔一
　　　個公用的亂葬坑。2010 年，她在委內瑞拉獲得平反，舉行國葬，但因
　　　無法尋得遺骸，只能以亂葬坑中的一些土壤組成她象徵性的遺骸，安放
　　　於委內瑞拉國家萬神殿，玻利瓦爾的遺骸也在那裡。利馬（Lima），
　　　秘魯首都。瓜亞基爾（Guayaquil），厄瓜多爾的港市。卡拉卡斯
　　　（Caracas），委內瑞拉首都。基多（Quito），厄瓜多爾首都。

節慶的尾端（選二）

12

白色的泡沫，黑島的三月，我看到
海浪層層相擊，白色漸淡，
海洋自它無底的杯中溢出，
長程而緩慢飛行的祭司的鳥群
在靜止的天空劃著十字，
而黃色來臨，
月份跟著改變顏色，海岸之秋的
鬍鬚生長，

而我叫作帕布羅，
到目前為止還是老樣子，
我愛，我懷疑，
我負債，
我擁有廣闊的海以及它
逐浪的人員，
我是如此地不安，以致我走訪
尚未誕生的國度：
我往返於海上以及它的國家，
我懂得
魚骨的語言，
硬骨魚的牙齒，
極地的凜冽，

珊瑚的血液，鯨魚的
寂靜夜晚，
因為我一處接一處地走著，探訪

河流出海口，蠻荒地區，
而我總是又回來，從未找到安寧：
沒有根我還能夠說些什麼？

13
沒有觸及土地我能夠說些什麼？
沒有雨我能夠向誰投訴？
我從來不曾落腳於住過的國家，
每一次出航都是歸航，
而我不曾留下照片或大教堂裡的毛髮
做紀念品：我總是試著
用我的兩隻手來塑造自己的石頭，
理性地，非理性地，隨心所欲地，
帶著憤怒與均衡：每個小時
我觸動獅子的疆土，

蜜蜂忙亂的聖堂，
如是，當我看到我已見過的，
當我接觸到土地與泥壤，石頭和我的泡沫，
認得我的腳步與話語的自然，
親吻我的嘴的捲曲的植物時，
我說：「我在這裡」，我在光中剝掉衣服，

讓手沉到海裡，

直到一切都透明清澈，

在陸地之下，我有了寧靜。

全力集
（1961-1962）

詩人的責任

為了這星期五早上
不聽濤聲的人，為了被困鎖於
住家或辦公室，工廠或女人，
街道或礦坑或枯燥牢房的人：
我為他而來，我不說不看，
我讀，開啟禁閉的門，
無垠之音傳來，模糊而堅決，
碎裂而持久的雷鳴被鏈上了
行星和泡沫的重量，
嘶啞的海流升起，
星星在其玫瑰壇中快速震顫，
大海搏動，死去，續又搏動。

如是受命運牽引，
我必須時刻聆聽大海的悲歡
並將之銘記於我的良知，
我必須感受硬水的撞擊，
將之收藏於永恆之杯，
這樣，無論囚禁者身在何方，
無論在哪兒遭受秋天的懲處，
我都可以帶著一片漫遊的浪出現，
我都可以自由進出窗子，
聽到我的聲音時會上揚眼睛，

問說：要如何才能靠近海洋？
而我會沉默不語地
傳送出海浪的回音，
碎裂的泡沫和流沙，
漸行漸遠的鹽的低語，
岸邊海鳥灰色的叫聲。

如是，透過我，自由與大海
對黑暗之心做出了回應。

行星

月球上有水的石頭嗎？
有黃金的海水嗎？
秋天是什麼顏色？
日子彼此嚙合
直到它們像一頭蓬鬆的頭髮
不再糾纏？有多少東西掉落──
紙，酒，手，屍體──
自地球掉落到那地區？

那裡是溺水者的天地嗎？

海洋

比浪更完美的軀體，
鹽刷洗著海岸，
而閃耀的鳥
飛翔，無須繞樹依枝。

海

單一的個體，但沒有血。
單一的愛撫，死亡或玫瑰。
大海前來，重融合我們的生命。
獨自地攻擊，分裂和歌唱
在日和夜，在人和眾生物。
其本質：火和冷：動勢。

小夜曲

我用我的手採收此空虛，
無法估量的夜，星星家族，
比寂靜還要寂靜的合唱，
月之聲，祕密之物，三角形，
粉筆畫出的高空秋千。
這是海之夜，第三種孤寂，
開啟門與羽翼的一種震動，
無形的，深奧的居民
顫動，將河口的眾名淹沒。

夜，海之名，祖國，纍纍果實，玫瑰！

清洗小孩

只有地球上最古老的愛
才能為孩童的雕像梳洗，
拉直他們的腳和膝蓋。
水升起，肥皂滑動，
純潔的身體迎上前去呼吸
花朵和母性的空氣。

哦，敏銳的警覺，
甜美的幻象，
微溫的掙扎！
現在頭髮是一團糾葛的
毛皮，被木炭畫上十字記號
被鋸屑和油脂，
煤渣，縫線，螃蟹，
直到愛，耐心地
預備好水桶和海綿，
梳子和毛巾，
並且，隨著刷洗和梳理，隨著琥珀，
最原始的細心，茉莉，
浴畢的孩子變得愈發清新——
啊自母親的手臂奔跑而出
他再　次攀上他的旋風，
尋覓泥土，油脂，尿水和墨水，

弄傷自己，在石塊上打滾。

如此，剛被洗淨，這小孩躍進了生命，

因為，今後，他有空做的只是

保持乾淨，但再也找不回最初的生命。

熨衣頌

詩歌是純白的；
它自水滴掩覆的水中出現，
皺褶斑斑，任意堆疊。
必須將之攤開，這行星的表皮，
必須將之燙平，這白色的海水；
無數的手來回地揮動，
去撫平這神聖的表面。
一切因此達成。
每天，手重造這世界，
火與鋼鐵結合，
而帆布，亞麻和棉布自
洗衣店的瑣碎戰爭中歸來；
鴿子自光處誕生。
貞節再度自泡沫中湧現。

春

鳥已經前來
發光：
隨著它一聲聲鳴囀
水誕生了。

在水和光之間大氣鬆動，
春已然君臨，
種子已然知曉自己正在茁壯，
根留影於花冠上，
花粉的眼瞼終於睜開了。

一切都肇因於一隻單純的鳥
棲息於一綠枝上。

黑島的回憶
（1962-1964）

性

暮色中的門，
夏季。
最後一批經過的
印第安人的木輪大車，
閃爍的光
以及著火的森林的
煙霧，
帶著紅色的味道
直飄到街上，
遠處火災的
灰燼。

我，悲痛傷感，
心情沉重，
恍惚，
短褲，
瘦腿，
膝蓋
與眼睛期待著
意外的寶物，
羅西塔和何塞芬娜
在街的
對面，

露齒睜眼，
光彩熠熠，以有如隱藏的
小吉他般的聲音
呼喚我。
我走過
街，迷惑，
恐懼；
我一到
她們就
對我低語，
抓著我的手，
蒙住我的眼，
帶著我以及
我的童貞一起
奔向麵包房。

沉默的大桌子，莊重的
麵包之所，空無一人；
在那裡，她們兩個
與我──先落入
羅茜塔之手，
後落入何塞芬娜
之手的囚犯。
她們想脫掉
我的衣服，
我逃開，顫抖著，

但我跑

不動，

我的腿

不聽我

使喚。接著

這兩個妖女

在我眼前

變出

奇跡：

一個有五顆小蛋的

小野鳥的

小巢，

五顆白葡萄，

林野生活的

微小

聚落，

我把手伸向

前去

而

她們亂弄我衣服，

撫摸我，

張大眼睛審視

她們第一個小男人。

沉重的腳步聲，咳嗽聲，

我爸爸跟著

一些陌生人
到來，
我們跑進
黑暗深處，
兩個海盜
與我——她們的囚犯，
在蜘蛛網之間
擠作一團，
緊緊抱著
在一張大桌子下，心驚膽跳，
而那奇跡，
那有著五顆天藍色小蛋的
小巢
落地，它的香氣和結構
終被入侵者的腳壓碎。
但，連同陰暗中的
兩個女孩
和恐懼，
連同麵粉的味道，
幽靈似的腳步聲，
逐漸暗去的黃昏，
我感覺某樣東西
在我的血液裡
有了變化，
一朵帶電的
花

升向我的嘴
我的手，
飢餓而
純淨的
慾望
之
花。

詩

而就是在那種年紀⋯⋯詩上前來
找我。我不知道，我不知道它
從什麼地方來，從冬天或者河流。
我不知道它怎麼來，什麼時候來，
不，它們不是聲音，它們不是
字，也不是沉默，
從一條街上我被叫走，
從夜的枝椏，
驟然地，從其他事物，
在粗暴的火間
或者獨自歸來
在那兒，一張臉也沒有
而它觸及了我。
我不知道該說些什麼，我的嘴
不知道如何
命名，
我的眼睛是瞎的，
某樣東西在我的靈魂內騷動，
狂熱或遺忘的羽翼，
我摸索自己的道路，
為了詮釋那股
烈火，
我寫下了第一行微弱的詩句，

微弱而不具體，純粹的

無意義，

一個一無所知的人他

單純的智慧，

而突然我看到

天空

鬆解、

洞開，

行星，

悸動的農園，

戳了孔的陰影，

篩分著

箭矢，火與花，

纏捲的夜，宇宙，

而我——無限小的本體，

醉倒在偉大星夜的

空虛裡，

類似，神祕的

映射，

感覺自己在純粹的

深淵中，

與眾星一同轉旋，

我的心向風中逸去。

譯註：在電影《郵差》的原聲帶中，我們可以聽到影星米蘭達‧李察森

　　　（Miranda Richardson）朗誦此詩。

東方的宗教

在仰光那個地方我領悟到神，
如同上帝，原來是
可憐的人類的敵人。
石膏身體，平躺如
白色鯨魚的

　　　　　　神；
鑲金如穗的神祇，
編結誕生之罪的
蛇蠍之神；
赤裸，過分雕琢的佛陀，
彷彿釘在可怖的十字架上的基督，
對著空洞永恆的雞尾酒會
微笑著──
他們全都萬能，
把他們的天堂硬推銷到我們的身上，
都攜帶酷刑或手槍
來收購我們的虔誠，否則焚燒我們的血液：
為了要隱藏他們的懦弱，人類
所創造出來的殘惡的神。
在那個地方一切都是如此，
整個地球彌漫著天國
以及天國商品的惡臭。

哦大地，請等等我

讓我回歸，哦太陽，
回歸到我野性的命運，
古森林的雨
把我帶回芳香以及
落自天空的刀劍，
草原和岩塊孤寂的平和，
河岸的濕氣，
落葉松的味道，
活潑的風如一顆心
跳動於高聳的南美杉
擁擠的紛擾中。
大地，還給我你純粹的稟賦，
自其根之莊嚴
升起的寂靜之塔。
我要回歸到未曾擁有的世界，
試著自如此深處回歸到
自然萬物之中
我或存或亡；做另一塊
石頭又何妨，黑暗之石，
被河水沖失的純粹之石。

未來是空間

未來是空間，
大地顏色的空間，
雲朵顏色的，
水色和空氣色的，
能容納許多夢的黑色的空間，
能容納所有的雪，
所有的音樂的白色的空間。

無一席之地得以親吻的
絕望的愛被拋諸腦後，
人人皆可在樹林中，在街上，
在屋裡覓得一安身之地，
地底與海底也都有容身之所，
多快樂啊，終於找到了
　　　　　　　　持續升起的
一顆空曠的星球，
大大的星斗清澈如伏特加，
如此透明又杳無人煙，
趕緊帶著第一支電話
到達那裡，
好讓諸多男士得以在隨後闊談
他們的病痛。

重要的是要近乎渾然忘我，
一邊自崎嶇的山脈尖聲叫喊，
一邊盯著在另一座山頭出現的
一名新抵達的女士的足跡。

走吧，讓我們離開
這令人窒息的河流，
我們與其他魚族從黎明一起
共遊到遷徙之夜，
而今在這新發現的空間裡
讓我們飛往純淨的孤寂。

船歌
（1964-1967）

船歌始奏（選三）

卡布里島的戀人們

島嶼中心貯藏著戀人們的靈魂，像一枚錢幣
被風和時間擦洗得晶瑩透亮，
像一整顆野杏仁鑲進藍寶石裡；
那兒，我們的愛情像隱形之塔在煙霧中晃動，
空蕩的天體懸置著星的尾巴與一漁網的太空魚，
因為卡布里島的戀人們閉著雙眼，粗啞的閃電刺破海洋周
　　圍刷刷的響聲，
所有的恐懼流血逃逸而去，身負重傷，
像一條怪異駭人的魚受魚叉致命一擊：
隨後，在海洋的蜜裡船首的破浪神像裸身
破浪而行，被陽剛的氣旋所誘。

船

一如在市場裡人們朝麻袋扔進煤炭和洋蔥，
酒精，石蠟，馬鈴薯，胡蘿蔔，肉條，油，柑橘，
船是模糊紛亂之地：甜美的淑女，壯漢，
飢餓的賭棍，牧師，商人齊墜一處；
有時候他們會動念觀看停滯如一塊藍色
乳酪的海洋，稠密的氣孔帶著威脅，
靜止的恐懼穿透乘客的額頭；
每個人都想把鞋子、腳和骨頭磨破，

在其可怖的無邊無際中不斷移動，直到它不復存在。
危機解除，船順著水圈迴轉，
遠處蒙特維多銀色之塔映現。

　　歌

麵包塔，在頂部以高升起其豐饒之堅實的
旋律打造出的弧形結構，
在玫瑰中燦放的歌聲的堅硬花瓣——
你的在與不在，你頭髮全部的重量，
在我床上你燕麥般的身子鮮活的體溫，
你的春天安置於我身邊的勝利的肌膚，
我的心在石牆裡跳動著，
你那小麥和黃金緊密接合的陽光臀部，
你那瀑布般流瀉出狂野的甜美之聲音，
你那熱愛我緩慢之吻重壓的嘴巴，
彷彿白日和黑夜剪斷了它們的結，讓
離合光與影的門半開，
一旦開啟，人鑿開石頭、陰影、空虛
竭力尋覓的遙遠版圖將映現。

譯註：卡布里島（Capri），義大利西南方那不勒斯灣中的一座小島。蒙特維
　　　多（Montevideo），烏拉圭首都。

船歌是終

你將會明白在那地區我一度戰戰兢兢地越過，
夜伴隨祕密的聲響激動著，叢林之黑暗，
而我跟著卡車匍匐進入那奇妙的宇宙——
黑色的亞洲，黑暗的森林，神聖的灰燼，
我的青春顫抖如蠅之翅翼
在不安的國度到處奔沖。

車輪頓時停止，不相識的人陸續爬了下來，
而我，一個外國人，在那裡，在叢林的孤寂中，
在那裡，在那擱淺於黑夜的卡車中，被放逐，
二十歲，蜷縮於自己的語言之中，等待死亡。

突然間鼓聲響起，火炬閃耀，騷動開始，
那些被我確認為劊子手的人
正在跳舞，在叢林高聳的黑暗底下
娛悅一位元迷路於那遙遠地區的旅人。

如此，當這麼多惡兆正指向我生命的盡頭時，
高大的鼓，飾花的編髮，閃光的足踝，
舞躍者，微笑並且為一名外國人歌唱。

我告訴你這個故事，親愛的，因為教訓，
人類的教訓，透過它奇異的偽裝發出光芒，

那兒黎明的原則在我心中植根——
那兒我悟出人類皆兄弟的道理。

那是在越南，一九二八年的越南。
四十年之後，要命的瓦斯落於
我同伴的音樂上，炙烤雙腿和音樂，
燃燒荒野上儀禮的寂靜，
摧殘愛情並且破壞孩童的和平。

「打倒野蠻的入侵者！」鼓聲響起，將
微小的國家聚合成一股抵抗的結。

親愛的，我告訴你這些海上與白日的際遇，
我船歌裡的月亮在水中打盹。
我對稱的系統如此安排了它，
跟著海上春天刺人的初吻。
我告訴你：帶著你眼睛的影像旅行這世界，
我心中的玫瑰建立了自己芬芳的國度！
我說我同時給你惡棍與英雄的記憶，
世界上所有的雷鳴都在我的吻下隆隆作響，
船隻就這樣在我的船歌裡筆直前進。

但這些是恥辱的日子，我們的；遠處人類的血
再度在海中翻滾，波浪玷污我們，月亮蒙上汙名。
這些遙遠的苦痛是我們的苦痛
而為受壓迫者抗爭是我本性中執著的氣質。

或許這場戰爭也將結束，像其他許多分隔我們的戰爭，

任我們死亡，殺害我們同時也殺害屠殺者，

但這時代的羞辱將它燃燒的手指置於我們面前。

誰能將隱藏於天真血液之中的殘酷抹掉？

親愛的，在寬廣的海岸沿線，

從一枚花瓣到另一枚，大地交出它的芳香，

而如今春天的勳章宣告著

我們的永恆，不因其短暫而減少痛苦。

如果船不曾手指無硬繭地回到港口，

如果船歌在雷鳴的海上循著它的航道，

如果你黃金的腰在我手中美妙地轉旋，

在這兒讓我們屈服於海的回歸，我們的命運，

並且就此順從它暴烈的脾氣。

誰能收聽潮湧和浪群的根本祕密——

那接二連三用太陽，而後用哭泣充滿我們的祕密？

葉子在最後一次發枝時俯身向大地

並且墜入黃色的空氣中作為降臨的證據。

人類轉向機械論，令一切變得可憎：

他的藝術品，他的鉛筆，他渴望的鐵絲雕像，

他那為曲解閃電而寫成的書；

商業交易是由稻田泥濘中的血污做成的，

在眾多人的希望之中唯獨一具模糊的骸骨殘留：
在天空，世紀末正償付它所虧欠我們的，
而當他們到達月球並且把金質的工具丟到那裡，
我們從不知道──遲緩懵懂的孩童──
被發現的究竟是新的行星或者新的死亡形式？

對我和你而言，我們順從，我們共用希望和冬天；
而我們受了創傷──不僅被致命的敵人
並且被致命的朋友（那似乎更令人難堪），
然而麵包不見得變得更味美，我的書也是一樣：
我們活著，補足痛苦所需要的統計表，
我們繼續去愛愛情，用我們愚鈍的方法
我們埋葬說謊者並且活在誠實的人當中。

親愛的，夜來了，奔馳過整個世界。

親愛的，夜抹去海的痕跡，船傾斜，歇息。

親愛的，夜燃起了它群星的機構。

女子清醒地滑行，走近正在睡眠的男子，
在夢中這兩人走下了那導向哭泣的河流
並且在黑暗的動物以及負載陰影的火車群中再度成長
直到他們成為夜中蒼白的石頭。

是折斷陰鬱玫瑰的時候了，親愛的，

關閉星辰，把灰燼埋入地底：

並且，在光升起時，和那些醒來和繼續尋夢

的人一同醒來，抵達那沒有其他岸的海的另一岸。

白日的手
（1967-1968）

歌

手在字上，
手在意謂神的
字的中央，
手在韻律上，
在我們靈魂的腰上。

我們必須搖動我們語言的箱子，
讓語字們驚跳
直到它們盤旋飛翔如海鷗；
我們必須要把泥土
搗成像麵糊一樣
直到它歌唱；
將一切和以我們的淚，
洗以我們的血，
染以紫羅蘭的色澤
直到茶杯裡
湧出河水，
湧出一整條河的河水；
歌如是歌唱：
歌即是
河。

昔日

舊日豐饒的時光
快樂短暫的保存者，將不再來矣。

我們的青春年華
是一則關於騷動的謠言，
像地窖裡黑暗的酒。別了，
別了，這麼多的再見
溜逝如天上的
鴿子，往南，續飛入沉默。

有罪

我宣告自己有罪，因為未曾
用他們給我的這雙手，做過
掃帚。

我為什麼沒做過掃帚？

他們為什麼給我一雙手？

它們何曾有用
如果我做過的只是
看著穀物搖曳，
聽著風，
而沒有採割在土裡
依然青綠的稻草
做一支掃帚，
沒有動手晾乾柔軟的莖稈，
將它們紮成
金黃的一捆，
沒有把一根木棍
和黃裙牢牢綁在一起
直到我有一支可以打掃小路的掃帚？

事實如此。

何以我既往的生命
忽忽而過，
不曾看見、學習
採割、捆紮
那些基本的東西？

要否認自己曾有時間，有
時間，但缺乏
一雙手，已太遲了，
所以我如何能
渴求偉大
如果我從來沒有能力
做出
一支掃帚，
即便只是
一支？

禮物

從多少只何等粗糙的手傳下
被打造出的工具，
酒杯，
以及那緊貼女體
鮮明印出的
顯要的臀部曲線！

形塑酒杯外形的
那只手，
傳遞出桶的圓滾身形，
以及鐘的新月輪廓。

我需要強有力的手
幫助我
改變這些星球的外觀：
旅行者需要的
三角形星星；
被寒氣切割成
四方形的骰子狀星座；
需要一些手，為
安多法加斯塔汲取祕密的
河流，讓水重獲
在沙漠中丟失了的貪婪感。

我要世上所有的手

揉出麵包

山脈，收穫

所有海中的魚，

所有橄欖樹

的果實，

所有尚未被喚醒的愛，

且在白日的

每一隻手裡留下

一份禮物。

譯註：安多法加斯塔（Antofagasta），智利北部著名海港城市，瀕臨太平洋。
　　　位於阿塔卡馬沙漠中，年均降水量不足四毫米。

動詞

我要將這個字弄縐，
擰彎，
是的，
它太光滑了，
彷彿被一條大狗的
舌頭或者一條大河的流水
清洗了
許多寒暑。

我想見到
這個字的粗糙面，
鐵一般的鹽，
大地
無牙的咬勁，
發聲者和沉默者的
血液。

我想見到
它音節深處的渴望：
我想碰觸
聲音裡的焰火：
我想感受
尖叫的黑暗，我想要

宛如處女石的

粗糙語字。

海震
（1968）

海星

當天上的星星
不理會穹蒼
在白天溜去睡覺，
水中的星星欣然迎接
埋入海中的天空，
開始履行新的
海底天堂任務。

譯註：海星（又名星魚），生長於海中，但非魚類，是一種無脊椎動物中的棘
　　　皮動物，有五臂，形似星星。

海蟹

紫羅蘭色的蟹——
潛伏於海的角落：
它的一對螯是兩個謎，
它的胃是一座深淵。
隨後它的盔甲在
地獄般的湯盆中掙扎、苦鬥，
現在它只不過是一朵玫瑰：
美味、可口的紅玫瑰。

譯註：螯，節足動物（譬如蟹）的第一對腳。海蟹的體色一般比陸蟹鮮豔，視
　　　覺上比灰濛濛的陸蟹美麗、可愛，

世界盡頭

（1968-1969）

物理

愛，像樹脂一樣
從一棵滿漲鮮血之樹流出，
將它奇異的氣味懸於
自發的歡愉的嫩芽之上：
大海激烈地湧進我們，
還有貪婪地吞噬著的夜，
讓靈魂消溶於體內，
兩個骨頭之鐘發出響聲，
而後別無其他動靜，除了再度被
掏空的你身體的重量。

蜜蜂（I）

我能怎麼辦？我出生時
諸神皆已死去，
在難熬的青少年時期
我不停地在縫隙間尋探：
那是我職責所在，也因此
我覺得自己如此孤寂。

一隻蜜蜂加一隻蜜蜂
不等於兩隻淺色的蜜蜂
或兩隻暗色的蜜蜂：
它們形成一個太陽的體系，
一個黃玉的房間，
一次冒險的撫摸。

琥珀最初始的焦慮
是兩隻黃色的蜜蜂
而每天太陽繞著
這些蜜蜂工作：
要向人們透露這麼多我
荒謬的祕密真讓我生氣。

他們不斷追問
我和貓有何關係，

我如何發現彩虹，
為什麼值得稱許的栗子
要穿上刺蝟的外衣；
他們最想要讓我說出
蟾蜍對我的看法，
以及什麼動物藏身於
森林的香氣底下
或水泥的膿泡中。

的確，在智者中
唯獨我無知，
而在所知無多者中
我總是最無知，
正因為我所知那麼少
我習得智慧。

境況

遭遇這麼多令人傷心的否定，
我告別了鏡子，
也放棄了我的職業：
情願在街角落當個盲人
對著世界歌唱，
不必看到任何人，因為大家
看起來都跟我有點像。

而我依然嘗試著
回望我自己，
回望眼不能見，身處
黑暗之境的自己，
在一大群盲人中
我的歌聲並無出眾之處，
但市街之聲越是刺耳，
我似乎唱得越動聽。

被罰陷於自戀之境，
我對外擺出一副偽君子的模樣，
隱藏我的缺陷帶給我的
深深的愛。
我依然快快樂樂，
沒有讓任何人察知

我深不可測的疾病：
我為自戀所受之苦，
得不到相應的愛的回報。

最悲哀的世紀

流放者的世紀，
流放者之書，
陰沉的世紀，黑色之書，
這是我該在書上寫下、
讓世人掀開的內容，
挖掘這個世紀，用
濺出的血為書頁上色。

因為我經歷過迷失於叢林者
在荊棘叢生之地的生活：
在懲罰的叢林中。
我數著被截斷的手，
堆積如山的灰燼，
一個個各別的啜泣，
找不到眼睛的眼鏡，
以及無頭之髮。

然後我遍尋全世界
失去家園的人，
不論被領往何處都帶著
他們挫敗的小旗幟，
他們的雅各之星
或他們可憐的照片。

我也嘗過流放之味。

作為一名經驗老到的
流浪者，我空手而歸，
回到這片熟悉我的大海。
但還有另一些人，
依然受到阻絕，
依然不斷地留下錯誤，
留下他們所愛的人而去，
心想也許也許有一天，
卻深知永遠永遠不可能，
所以我必須伴之以啜泣，
失去故鄉的人
沾滿塵土的啜泣，
伴之以和我的兄弟們
（他們還留在那裡）同慶的
勝利的建築，
新麵包的豐收。

譯註：雅各之星（estrellas de Jacob），指預言之星、信仰之星。

海與鈴
（1971-1973）

尋找

從酒神的讚美歌到海洋的根部
一種新的空虛伸延著：
我要的不多，浪如是說，
只要它們不要再喋喋不休，
只要城市的水泥鬍子
不要再長出來，
我們獨來獨往，
最終想要放聲大叫，
對著大海撒尿，
看見七隻同樣顏色的鳥，
三千隻綠鷗，
想要在沙上尋愛，
想要弄髒我們的鞋子，弄髒
書，帽子，腦袋，
直到找到你，虛無，
直到親吻你，虛無，
直到歌唱你，虛無，
無虛無的虛無，無虛無感的
虛無，不終結真理的虛無。

我感激

我感激，提琴啊，有四種
和聲的這個日子，純淨的
天籟，
大氣的蔚藍聲音。

我有四隻狗要申報

我有四隻狗要申報：
一隻已埋在花園裡，
另外兩隻讓我時時保持警惕，
狂野的
小破壞者，
厚實的爪子，如石針般
堅銳的犬齒。
還有一隻邋遢的母狗，
孤高，
金黃毛髮，舉止優雅。
你察覺不到她柔滑金色的腳步
或者她遙遠的身影。
她只在深夜吠叫
對著某些鬼魂，
所以只有少數被選中的隱形者
在路上聽到她的聲音
或者在其他黑暗的地方。

每日，瑪提爾德

我今天的獻禮：你修長
如智利的疆土，纖巧
如一朵大茴香花，
每個分支都見證
我們無法抹滅的春日：
今天是什麼日子？你的日子。
而明日是昨日，未曾消逝，
日子從未自你的手裡溜掉：
你守護陽光，大地，守護入眠後
你細長陰影裡那些紫羅蘭。
如此，每天早上
我重領你給我的日子。

有一個人回到自我

有一個人回到自我，像回到一間
有鐵釘和裂縫的老屋，是的
回到厭倦了自我的自我，
彷彿厭倦一套千瘡百孔的破舊衣服，
企圖裸身行走於雨中，
有一個人想讓潔淨的水，自然的風
淋透全身，卻只再度
回到自我的坑井，
那古老、瑣屑的困惑：
我真的存在嗎？知道該說什麼，
該付，該欠或該發現什麼嗎？
——彷彿我有多重要
以致世界連同其植物之名，
在它四周黑牆的競技場裡，
除了接納我或不接納我別無選擇。

在最飽滿的六月

在最飽滿的六月
一個女子進入我的生命，
不，一個橘子。
畫面模糊了：
他們敲門：
是一陣強風，
一道如鞭一樣擊來的光，
一隻紫外線的烏龜，
我以望遠鏡般的悠緩
注視著它，
彷彿它在很遠的地方或者一度居住於
這塊星光的祭壇布上，
因一次天文學失誤
進入我的屋子。

如果每一日跌落

如果每一日跌落
進每一夜裡，
會有一口井
把光亮關在裡面。

我們得坐在
黑暗之井的邊上
耐心地垂釣
墜落的光。

讓我們等候

尚未來臨的其他時日
像麵包，或椅子，或藥品、
商品般等候升起：
未來歲月的製造廠：
靈魂的工匠
正在建造，估稱，準備
苦澀或寶貴的日子。
時機一到它們會前來叩門，
賞我們一隻橘子
或立刻謀殺我們。

原諒我，如果我眼中

原諒我，如果我眼中
再沒有事物比浪花更清澈，
原諒我，如果我的空間
綿延不斷無遮掩
無窮盡：
我的歌是單調的，
我的語字是暗處的鳥，
石頭和海的動物，冬日行星的
憂傷，永不腐朽。
請原諒這一連串的水，
岩石和泡沫，潮汐的
狂言囈語：這即是我的孤獨：
拍擊我祕密自我之牆的鹽水
急劇的翻躍，使
我成為冬日
的一部分，
一聲鐘響接一聲鐘響在浪中
自我重複的同樣延伸的一部分，
寂靜的一部分，長髮一樣的寂靜，
海藻的寂靜，沉沒的歌。

二〇〇〇
（1971）

面具

憐憫這幾個世紀以及其倖存者——
或幸運或受虐——我們沒做的事
不是任何人的錯，鋼鐵短缺了：
我們將之耗於過多無用的破壞上，
做總結算時這些都無足輕重：
飽受臟皰和戰爭之苦的歲月，
僅存的希望在敵人瓶底
被吸盡的癱軟、暈厥的歲月。

好吧，我們找時間，找些時間，
和燕子說，以免被人聽見：
很慚愧我們矜持如鰥夫：
真相在如此多墳墓中死去、腐爛；
只記住即將要發生之事就好——
在此婚慶之年，沒有失敗者；
讓我們每個人都戴上勝利的面具。

黄色的心
（1971-1972）

異者

在某個書上沒記載的地區
閒蕩一陣子後，
我逐漸習慣這塊頑固之土，
這兒沒有人想知道
我是否喜愛萵苣
勝過喜愛
大象吞食的薄荷。
而由於未作答，
我保有了黃色的心。

情歌

我愛你我愛你，如是我歌，
我要開始唱一首呆呆的歌。

我愛你我愛你，我的心肝，
我愛你我愛你，我的野葡萄藤，
如果愛像葡萄酒，
從你的手到你的腳
都是嗜飲你的我的最愛；
你是我來世的葡萄酒杯，
我命運之瓶。

向前向後我都愛你，
而我沒有好音質或好音色
為你唱這首歌，
這首唱不停的歌。

在我走調的提琴上
我的琴聲如是訴說：
我愛你我愛你，我的低音提琴，
我黑而亮的美女，
我的心，我的齒，
我的光，我的湯匙，
我黯淡日子裡的鹽，
我窗玻璃上的皎月。

一體

歷經一切之後，我依然將
愛你如昔，依然
在還未見到你身影的
漫長等待中，
你的氣息
始終緊貼著我。

緊貼著我，用你的習慣，
用你的色彩和你的吉他，
就像在學校課程中
國家與國家合為一體，
區域界線變得模糊，
而河的附近有一條河，
兩座火山一塊成長。

靠近你等同靠近我，
你絕不可能不在身邊，
而在地震夜，
月亮是黏土的顏色，
此時，因畏懼大地，
所有的根都接連在一起，
你聽到寂靜發出
恐怖的樂音。

恐懼也變成一條街道。
在其可怕的石塊間
溫柔可以四腳
和四唇前行。

因為，未脫離現在
這一枚易碎的戒指，
我們撫觸了昨日之沙，
海面上，愛反覆顯露出
如癡如醉的神情。

拒絕閃電

閃電啊，你將我託付給
舒緩的工作步調：
隨著你夾帶磷酸威脅的
秋分時節的警告，
我領取我精選之物，
拋棄不屬於我者，
並以我的腳我的眼
發現秋的豐實。

閃光教我要冷靜，
不要錯失天際之光，
教我在自己的體內
尋找大地的圖庫，
在堅硬的土地挖掘，
直到在那堅硬之中找到
垂死的流星正在
尋找的同一個地方。

我知道居留在空中
所需的迅捷，
而為了學習舒緩
我建立了一個不必要的學派，
就像一群魚

在諸多危險當中
展開每日的悠遊。
這是下方的風格，
海底宣言的風格。

我想我不會因為某種
可惡的律法而輕忽它：
萬物各有其獨有的信號，
各有其在世上專屬之物，
而我借助於我的誠實
因為我不會說謊。

冬日花園
（1971-1973）

星星

好吧，我回不去，我不再為
回不去而苦惱，這是沙的決定，
部分是浪，部分是通道，
鹽的音節，水的蝨子，
我，海岸的主人，也是其奴隸，
我臣服，受制於我的岩石。

我們不再有自由，
我們只是奇跡的碎片，
找不到出路回到自我，
回到自我的石頭，
除了大海，別無其他星星餘留。

疑問集
（1971-1973）

3

告訴我，玫瑰是光著身子
或者那是它唯一的衣服？

樹為何將根部的光輝
隱藏起來？

有誰聽見犯了罪的
汽車的悔恨？

世上有什麼東西比
雨中靜止的火車更憂傷？

10

百年後的波蘭人
對我的帽子會有何看法？

那些沒碰觸過我血的人
會怎麼說我的詩？

如何稱量
從啤酒杯滑落的泡沫？

囚禁於佩脫拉克十四行詩裡的
蒼蠅在做些什麼？

24

對每個人而言4都是4嗎？
所有的七都相等嗎？

囚犯想起的光
和照亮你的光一樣嗎？

你可曾想過病人們的四月
是什麼顏色？

什麼西方君主政體
以罌粟為旗幟？

62

在死亡之巷久撐
究竟何謂？

鹽漠裡
如何開出花？

在若無其事的海洋中，
也備有赴死亡之約的衣服嗎？

骨頭消失時，
存在於最後的塵土中的是誰？

72

假如百川皆甜，
大海從哪裡來的鹽？

四季如何得知
何時該換襯衫？

為什麼在冬天如此緩慢，
後來卻迅速抽長？

樹根怎麼知道
必須向著光攀升？

而後以如此多樣的花朵和色彩
向大氣致意？

是否總是同樣的春天
反覆扮演相同的角色？

精選的缺陷
（1971-1973）

要讓你煩的悲傷的歌

我整晚浪費生命
計算著，
不是母牛，
不是英鎊，
不是法郎，不是美元，
不，不是那類東西。

我整晚浪費生命
計算著，
不是汽車，
不是貓，
不是愛人，
不是。

我在燈下浪費生命
計算著，
不是書本，
不是貓狗，
不是數字，
不是。

我整晚浪費月亮
計算著，

不是吻，

不是新娘，

不是床，

不是。

我在浪裡浪費夜晚，

計算著，

不是瓶子，

不是牙齒，

不是杯子，

不是。

我在和平中浪費戰爭

計算著，

不是死者，

不是花朵，

不是。

我在陸地上浪費雨水

計算著，

不是道路，

不是歌曲，

不是。

我在陰影中浪費陸地

計算著，

不是頭髮，

不是皺紋，

不是失物，

不是。

我在生時浪費死亡

計算著，

有加總嗎？

我不記得了，

不記得了。

我在死時浪費生命

計算著，

是虧損

還是有盈餘，

我不知道，

陸地也不知道。

以及其他其他……

大尿尿者

大尿尿者黃澄澄
排出的溪流
是青銅色的雨水
落在教堂圓頂上，
落在汽車車頂上，
落在工廠和公墓上，
落在老百姓和他們的花園上。

它是誰？它在哪兒？

它是一種密度，濃稠的液體
彷彿自馬身上
落下，
沒帶傘的
受驚的路人
仰望天空，
此時街道被淹沒，
尿水精力充沛地流過
門的下方，
支持下水道，瓦解
大理石地板，地毯，
樓梯間。

無人能查出其動靜。啊，
禍從何來？

世界將發生什麼大事？

大尿尿者高高在上
不發一語地尿尿著。

這意味什麼？

我是個蒼白拙劣的詩人，
非為解謎或推薦
特殊雨傘而至此。

再見！打聲招呼後我要到
一個不會對我發問的國家。

聶魯達年表

陳黎‧張芬齡　編

1904　七月十二日生於智利中部的農村帕拉爾（Parral）。
本名內夫塔利‧里卡多‧雷耶斯‧巴索阿爾托
（Nefatalí Ricardo Reyes Basoalto）。父為鐵路技
師，母為小學教員。八月，母親去世。

1906　隨父親遷居到智利南部邊境小鎮泰穆科
（Temuco）。在這當時仍未開拓，草木鳥獸尚待分
類的邊區，聶魯達度過了他的童年與少年。

1914　十歲。寫作了個人最早的一些詩。

1917　十三歲。投稿泰穆科《晨報》（*La Mañana*），第
一次發表文章。怕父親知道，以帕布羅‧聶魯達
（Pablo Neruda）之筆名發表。這個名字一直到1946
年始取得法定地位，變成他的真名。

1918　擔任泰穆科《晨報》的文學編輯。

1921　離開泰穆科到聖地牙哥，入首都智利大學教育學院
攻讀法文。詩作〈節慶之歌〉（"La canción de la
fiesta"）獲智利學聯詩賽首獎，刊載於學聯雜誌《青
年時代》。

1923　第一本詩集《霞光集》（*Crepusculario*）出版；在這
本書裡聶魯達試驗了一些超現實主義的新技巧。

1924　二十歲。出版詩集《二十首情詩和一首絕望
的歌》（*Veinte poemas de amor y una canción
desesperada*），一時名噪全國，成為傑出的年輕智
利詩人。

1925 詩集《無限人的試煉》（*Tentativa del hombre infinito*）出版；小說《居住者與其希望》（*El habitante ye su esperanza*）出版。

1926 散文集《指環》（*Anillos*）出版。

1927 被任命為駐緬甸仰光領事。此後五年都在東方度過。在這些當時仍是英屬殖民地的國家，聶魯達開始接觸了艾略特及其他英語作家的作品，並且在孤寂的日子當中寫作了後來收在《地上的居住》裡的那些玄密、夢幻而動人的詩篇。

1928 任駐斯里蘭卡可倫坡領事。

1930 任駐爪哇巴達維亞領事。十二月六日與荷蘭裔爪哇女子哈根娜（Maria Antonieta Hagenaar）結婚。

1931 任駐新加坡領事。

1932 經過逾兩個月之海上旅行回到智利。

1933 詩集《地上的居住·第一部》（*Residencia en la tierra, I, 1925-1931*）在聖地牙哥出版。八月，任駐阿根廷布宜諾斯艾瑞斯領事。十月，結識西班牙詩人羅爾卡（Federico García Lorca）。

1934 任駐西班牙共和國巴塞隆納領事。女兒瑪麗娜（Malva Marina）出生於馬德里。翻譯英國詩人布萊克（William Blake）的作品〈阿比昂女兒們的幻景〉（"Visions of the Daughters of Albion"）和〈精神旅遊者〉（"The Mental Traveller"）。結識大他二十歲的卡麗兒（Delia de Carril）——他的第二任妻子，兩人至1943年始於墨西哥結婚。與西班牙共產黨詩人阿爾維蒂（Rafael Alberti）交往。

1935 任駐馬德里領事。《地上的居住・第一及第二部》
（*Residencia en la tierra, I y II, 1925-1935*）出版。編
輯出版前衛雜誌《詩的綠馬》（*Caballo Verde para la
Poesía*），為傳達勞動的喧聲與辛苦，恨與愛並重的
不純粹詩辯護。

1936 西班牙內戰爆發。詩人羅爾卡遭暗殺，聶魯達寫了一
篇慷慨激昂的抗議書。解除領事職務，往瓦倫西亞與
巴黎。與哈根娜離異。

1937 回智利。詩集《西班牙在我心中》（*España en el
corazón*）出版，這是聶魯達對西班牙內戰體驗的紀
錄，充滿了義憤與激情。

1938 父死。開始構思寫作《一般之歌》（*Canto
general*）。

1939 西班牙共和國垮台。被派至法國，擔任負責西班牙
難民遷移事務的領事。詩集《憤怒與哀愁》（*Las
furias y las penas*）出版。

1940 被召回智利。八月，擔任智利駐墨西哥總領事，至
1943年止。

1942 女兒瑪麗娜病逝歐洲。

1943 九月，啟程回智利，經巴拿馬，哥倫比亞，秘魯諸
國。十月，訪秘魯境內之古印加廢墟馬祖匹祖高地。
十一月，回到聖地牙哥，開始活躍於智利政壇。

1945 四十一歲。當選國會議員。加入智利共產黨。與工
人、民眾接觸頻繁。

1946 在智利森林公園戶外音樂會中初識後來成為他第三任
妻子的瑪提爾德・烏魯齊雅（Matilde Urrutia）。

1947 詩集《地上的居住・第三部》（*Tercera residencia, 1935-1945*）出版。開始發表《一般之歌》。

1948 智利總統魏地拉（Gonález Videla）宣佈斷絕與東歐國家關係，聶魯達公開批評此事，因發覺有被捕之虞而藏匿。智利最高法庭判決撤銷其國會二月二十四日聶魯達開始流亡。經阿根廷至巴黎，莫斯科，波蘭，匈牙利。八月至墨西哥，染靜脈炎，養病墨西哥期間重遇瑪提爾德，開始兩人祕密的戀情。

1950 《一般之歌》出版於墨西哥，這是聶魯達歷十二年完成的偉大史詩，全書厚468頁，一萬五千行，共十五章。訪瓜地馬拉，布拉格，巴黎，羅馬，新德里，華沙，捷克。與畢卡索等藝術家同獲國際和平獎。

1951 旅行義大利。赴巴黎，莫斯科，布拉格，柏林，蒙古與北京——在那兒，代表頒發國際和平獎給宋慶齡。

1952 停留義大利數月。詩集《船長的詩》（*Los versos del capitán*）匿名出版於那不勒斯，這是聶魯達對瑪提爾德愛情的告白。聶魯達一直到1963年才承認是此書作者。赴柏林與丹麥。智利解除對聶魯達的通緝。八月，回到智利。

1953 定居於黑島（Isla Negra）——位於智利中部太平洋濱的小村落，專心寫作。開始建造他在聖地牙哥的房子「查絲蔻納」（La Chascona）。

1954 旅行東歐與中國歸來，出版情詩集《葡萄與風》（*Las uvas yel viento*）。詩集《元素頌》（*Odas elementales*）出版，收有六十八首題材通俗、明朗易懂，每行均很短的頌詩。

1955 與卡麗兒離異。與瑪提爾德搬進新屋「查絲蔻納」。訪問蘇俄，中國與其他社會主義國家，以及義大利，法國。回到拉丁美洲。

1956 《元素頌新集》（*Nuevas odas elementales*）出版。回到智利。

1957 《元素頌第三集》（*Tercer libro de las odas*）出版。開始寫作《一百首愛的十四行詩》（*Cien sonetos de amor*），這同樣是寫給瑪提爾德的情詩集。

1958 詩集《狂想集》（*Estravagario*）出版。

1959 出版詩集《航行與歸來》（*Navegaciones y regresos*）。出版《一百首愛的十四行詩》。

1961 詩集《智利之石》（*Las piedras de Chile*）出版。詩集《典禮之歌》（*Cantos ceremoniales*）出版。

1962 《回憶錄：我承認我歷盡滄桑》（*Confieso que he vivido: Memorias*）於三月至六月間連載於巴西的《國際十字》（*Cruzeiro Internacional*）雜誌。詩集《全力集》（*Plenos poderes*）出版。

1964 七月，出版自傳體長詩《黑島的回憶》（*Memorial de Isla Negra*），紀念六十歲生日。沙特獲頒諾貝爾文學獎，拒領，理由之一：此獎應頒發給聶魯達。

1966 十月二十八日，完成與瑪提爾德在智利婚姻合法化的手續（他們先前曾在國外結婚）。出版詩集《鳥之書》（*Arte de pajaros*）；出版詩集《沙上的房子》（*Una casa en la arena*）。

1967 詩集《船歌》（*La barcarola*）出版。發表音樂劇《華金‧穆里葉塔的光輝與死亡》（*Fulgor y muerte* de Joaquín Murieta），這是聶魯達第一個劇本。

1968　詩集《白日的手》（*Las manos del día*）出版。

1969　詩集《世界的末端》（*Fin de mundo*）出版。

1970　出版附插畫的１９６８年寫成的詩集《海震》（*Maremoto*）。詩集《天上之石》（*Las piedras del cielo*）出版。寫作關於人類進化起源的神話詩《熾熱之劍》（*La espada encendida*）。阿葉德（Salvador Allende）當選智利總統：事實上，在阿葉德獲得提名之前，聶魯達一度是共產黨法定的總統候選人。

1971　再度離開智利，前往巴黎就任智利駐法大使。十月二十二日，獲諾貝爾文學獎。

1972　發表〈四首法國詩〉；出版《無果的地理》（*Geografía infructuosa*）。在領取諾貝爾獎之後帶病回國，然卻不得靜養，因為此時的智利已處在內戰的邊緣。

1973　發表詩作《處死尼克森及讚美智利革命》（*Incitación al Nixonicido y alabanza de la revolución chilena*）。九月十一日，智利海軍、陸軍相繼叛變，聶魯達病臥黑島，生命垂危。總統府拉莫內達宮被炸，阿葉德被殺。九月二十三日，聶魯達病逝於聖地牙哥的醫院，享年六十九歲。他的葬禮變成反對軍人政府的第一個群眾示威，他在聖地牙哥的家被闖入，許多書籍文件被毀。詩集《海與鈴》（*El mar y las campanas*），《分離的玫瑰》（*La rosa separada*）出版。

1974　詩集《冬日花園》（*Jardin de invierno*），《黃色的心》（*El corazón amarillo*），《二〇〇〇》

（2000），《疑問集》（*El libro de las preguntas*），
《哀歌》（*Elegía*），《精選的缺陷》（*Defectos escogidos*）出版。《回憶錄：我承認我歷盡滄桑》出版。

九　歌　譯　叢　6　4

我述說一些事情：聶魯達詩精選集

國家圖書館出版品預行編目 (CIP) 資料

我述說一些事情：聶魯達詩精選集 / 聶魯達 (Pablo Neruda) 著；陳黎，張芬
齡譯 . -- 初版 . -- 臺北市：九歌出版社有限公司 , 2024.01
　 面；　公分 . -- (九歌譯叢；64)
　 ISBN 978-986-450-629-3 (平裝)

885.8151　　 112020539

作　　者 ── 聶魯達 Pablo Neruda
譯　　者 ── 陳黎、張芬齡
責任編輯 ── 鍾欣純
創 辦 人 ── 蔡文甫
發 行 人 ── 蔡澤玉
出　　版 ── 九歌出版社有限公司
　　　　　　台北市 105 八德路 3 段 12 巷 57 弄 40 號
　　　　　　電話／ 02-25776564・傳真／ 02-25789205
　　　　　　郵政劃撥／ 0112295-1

九歌文學網　www.chiuko.com.tw

印　　刷 ── 晨捷印製股份有限公司
法律顧問 ── 龍躍天律師・蕭雄淋律師・董安丹律師
初　　版 ── 2024 年 1 月
定　　價 ── 450 元
書　　號 ── 0130064
Ｉ Ｓ Ｂ Ｎ ── 978-986-450-629-3
　　　　　　 9789864506361 (PDF)
　　　　　　 9789864506354 (EPUB)